浪人若さま 新見左近
決定版【十二】

人斬り純情剣

佐々木裕一

JN054602

双葉文庫

目次

徳《とく》川《がわ》家《いえ》宣《のぶ》

江戸幕府第六代将軍
寛《かん》文《ぶん》二年（一六六二）～正《しょう》徳《とく》二年（一七一二）

寛文二年（一六六二）四月、四代将軍徳川家綱《いえつな》の弟で、甲府《こうふ》藩主徳川綱重《つなしげ》の子として生まれる。綱重が正室を娶《めと》る前の誕生であったため、家臣新見正信《にいみまさのぶ》のもとで育てられる。

寛文十年（一六七〇）、九歳のときに認知され、綱重の嗣子《しし》となり、元服後、綱豊《つなとよ》と名乗る。延《えん》宝《ぽう》六年（一六七八）の父綱重の逝去《せいきょ》を受け、十七歳で甲府藩主となる。将軍家綱が亡くなった際には、世継ぎとして候補に名があがったが、将軍の座には、叔父《おじ》の綱吉《つなよし》が就いた。五代将軍綱吉も、嫡男《ちゃくなん》の早世《そうせい》や、長女鶴姫《つるひめ》の婿《むこ》である紀州《きしゅう》藩主徳川綱教《つなのり》の死去等で世継ぎに恵まれなかったため、宝永《ほうえい》元年（一七〇四）、綱豊が四十三歳のときに養嗣子となり、江戸城西ノ丸《にしのまる》に入り、名も家宣と改める。宝永六年（一七〇九）の綱吉の逝去にともない、四十八歳で第六代将軍に就任する。

将軍就任後は、生類憐《しょうるいあわれ》みの令をはじめとした、前政権で不評だった政策を次々と撤廃《てっぱい》。間部詮房《まなべあきふさ》を側用人《そばようにん》として重用し、新井白石《あらいはくせき》の案を採用するなど、困窮《こんきゅう》にあえぐ庶民のため、政治の刷新をはかり、万民に歓迎される。正徳二年（一七一二）、五十一歳で亡くなったため、治世《ちせい》は三年あまりとごく短いものであったが、徳川将軍十五代の中でも一、二を争う名君であったと評されている。

浪人若さま　新見左近　決定版【十二】

人斬り純情剣

第一話　卑劣《ひれつ》な罠《わな》

※

――三年前。

仕《つか》えているあるじの屋敷で宿直《とのい》をしていた坂手文左衛門《さかてぶんざえもん》は、庭の気配に目を向けた。

「おい」

「うむ」

同輩の者とうなずき合い、愛刀をつかんで立ち上がる。

同輩が先に立って廊下に出た時、潜《ひそ》んで待ち構えていた曲者《くせもの》が、無言の気合と共に斬りつけた。

首から胸にかけて袈裟懸《けさが》けに斬られた同輩が、断末魔《だんまつま》の悲鳴と共に血飛沫《ちしぶき》を上げて倒れる。

曲者は続いて文左衛門に斬りかかったが、応戦した文左衛門は、抜刀術《ばっとうじゅつ》をもって相手の腹を斬った。

呻《うめ》き声をあげて突っ伏す曲者に目を向ける間もなく廊下を走る。

屋敷の母屋《おもや》で龕灯《がんどう》の明かりが見えた刹那《せつな》、数人の曲者が障子を蹴破り部屋に躍《おど》り込む。

文左衛門は、声の限り叫んだ。

「曲者だ！　旦那様をお守りしろ！」

すぐさま、家中の者が三人現れた。

寝ていた者たちは、寝間着姿に抜き身の刀をにぎり、あるじを助けに母屋の廊下を走る。だが、部屋に隠れていた曲者が中から槍《やり》を突き出し、前を走っていた者が障子越しに腹を突かれて悲鳴をあげた。

驚いた他の二人が障子に刀を突き入れたが、手ごたえはない。そこへ別の曲者が闇の中から斬りかかった。

一人が額《ひたい》を割られ、声もなく倒れる。

残った一人は恐怖の悲鳴をあげて、刀を振り回した。

曲者は槍で刀を受け止め、別の曲者が刀で斬りつける。

背中を深々と斬られた家中の者が、呻き声をあげて突っ伏し、息絶《いきた》えた。

庭を駆けて母屋に向かう文左衛門の目の前で、あるじ夫婦が廊下に連れ出された。

「旦那様！」

叫びながら助けに向かおうとしたが、家中の者を倒した曲者が槍を向けて立ちはだかり、

「やあっ！」

気合の声と共に鋭く突いてきた。

文左衛門は穂先《ほさき》をかわすと同時に刀を打ち下ろし、槍の柄《え》を斬り落とす。そして切っ先を転じて振るい、曲者の首を斬った。

血飛沫が上がり、曲者が倒れる。

そのあいだにも、あるじ夫婦は庭に引きずり出された。

「斬れ！」

頭目《とうもく》の声がするや、二人の曲者が刀を振り上げ、打ち下ろした。

「旦那様！」

叫んだ文左衛門が、猛虎《もうこ》のごとく曲者に襲いかかった。

曲者は皆、覆面を着けた侍だ。

文左衛門を倒すべく数名が向かってきたが、復讐の鬼と化した文左衛門の剣は凄《すさ》まじく、一人、また一人と斬り進む。

恐れおののいた曲者が逃げようとしたが、文左衛門は追いすがり、一人残らず斬り殺した。

十名を超える者どもを斬り殺し、返り血で顔を赤く染めた文左衛門は、倒れているあるじ夫婦のもとへ駆け寄った。

あるじは、微《かす》かに息があった。

「旦那様！」

声をかけて身体を抱き起こすと、あるじはわずかに目を開けた。

「美津《みつ》は、どうなっておる」

妻を案じるあるじだったが、そばに倒れている美津は、すでにこと切れている。

文左衛門が辛《つら》そうな顔でかぶりを振ると、あるじは文左衛門の腕をつかんだ。

「もはや、藩政を正す夢は潰《つい》えた。お前は逃げよ。国を出て、静《しず》と共に生きよ」

「旦那様、お気を確かに。わたしはどこまでもお供します」

「追い腹を切ることは許さぬ。お前が死ねば、我が妹とて生きてはおるまい。よいか、文左衛門。忠義心を捨てよ。我らのことは忘れて、夫婦仲よく生きろ。妹を、頼む……」

義兄《あに》であり、あるじでもあった関戸重正《せきどしげまさ》は息絶えた。

悔し涙を流した文左衛門は、重正を美津のそばに眠らせた。そして二人の遺髪《いはつ》をいただき、懐紙《かいし》に包んで懐《ふところ》に入れると、亡骸《なきがら》に家紋が染め抜かれた陣幕《じんまく》をかけ、手を合わせる。

葬《ほうむ》れぬことをこころの中で詫《わ》びた文左衛門は、あるじ夫婦の命を奪った頭目のところに行き、覆面を取った。

見覚えのある顔は、藩の重臣の配下だ。

重正は、志《こころざし》を同じくする者たちと藩政を正そうとしていたのだが、これをよしとせぬ重臣たちの手によって、暗殺されたのだ。

重正に子がいないのが、せめてもの救いだった。

だが、このままでは、重正の妹である静にも累《るい》が及びかねない。

妹を頼むと言った重正の最後の下知《げち》を守るべく、文左衛門は屋敷を去り、静が待つ我が家に帰った。

眠っていた静を起こした文左衛門は、兄夫婦が殺されたことを告げた。

「このままでは、我らも危ない。今すぐ国を出よう」

絶句する静に気をしっかり持てと励《はげ》まし、手早く荷造りして家を出た。

夫婦になってまだ半年にもならぬ新妻《にいづま》の手を引いた文左衛門は、追っ手がつく前に城下を去り、見知らぬ地へと旅立った。

初雪が舞う、寒い夜のことだった。

一

五代将軍綱吉《つなよし》が発布《はっぷ》した生類憐《しょうるいあわれ》みの新法は、一年も経《た》たぬというのに江戸庶民のあいだに浸透《しんとう》し、今や当たり前のように暮らしている。

当初懸念《けねん》されたような、新法を悪用して民を苦しめる輩《やから》も、今のところ現れていない。

これに安堵《あんど》した新見左近《にいみさこん》は、新法を廃止するよう綱吉に言上《ごんじょう》することなく、相変わらず根津《ねづ》の甲府《こうふ》藩邸とお琴《こと》の店を行き来して、気楽に暮らしていた。

新法のことで左近と対立した柳沢保明《やなぎさわやすあき》が刺客を放ち、左近を暗殺しようとして失敗したことは、まだ記憶に新しい。

その後も、柳沢の暴挙を警戒した綱吉は、

「綱豊《つなとよ》とそちの対立は、尾張《おわり》と水戸《みと》が余《よ》の政《まつりごと》につけ込む口実を与え、徳川《とくがわ》宗家の破滅を招くことになる。特に水戸のご老公（水戸光圀《みつくに》）は、新法のことをよく思われておらず、綱豊に味方されておるのだ」

と言い聞かせ、左近に手を出すなと命じていた。

はっきり口には出さぬものの、綱吉は、己が左近を暗殺しようとしたことを知っている――。

そう思った柳沢は肝《きも》を冷やし、閉口した。

大老堀田筑前守《ほったちくぜんのかみ》が稲葉石見守《いなばいわみのかみ》に斬り殺されて以来、老中たちを遠ざけている綱吉は、左近の暗殺を謀《はか》った柳沢を罰することなく重用し続け、将軍と老中のあいだを取り次ぐ役目を担《にな》う柳沢は、天下の政に大きな発言力を有している。

ともあれ、左近と柳沢の対立は、種火《たねび》と言えるほどまでに小さくなり、双方にとってはひと安心といったところであろう。

江戸の民も、平穏な暮らしをしている。

花川戸町《はなかわどちょう》へくだった左近は、穏やかな町の様子を吉田小五郎《よしだこごろう》から聞いて安堵しつつ、煮売り屋の板場に近い床几《しょうぎ》に腰かけて酒を飲んでいた。

今日も繁盛《はんじょう》しているお琴の店には日が暮れてから行くつもりで、ゆっくり酒を楽しんでいると、外が騒がしくなった。

通りから景気よく入ってきたのは、大工の権八《ごんぱち》だ。入るなり空いた床几がある

のを見つけた権八が、戸口から外に向いて言う。

「旦那！　空いてましたよ。こっちです」

誘いに応じて店に入ったのは、埃《ほこり》っぽい木綿《もめん》の着物と袴《はかま》を着けた浪人風の男だ。

所帯を持っているのか、ほつれた編笠《あみがさ》を取った頭は月代《さかやき》がきれいに整えられて

いて、顔つきも明るい。

左近が見ていると、権八がいち早く気づいた。

「おや、左近の旦那、いらしてたんで」

笑顔で歩み寄り、

「ご一緒してよろしい？」

と遠慮なく言う。

「いいとも」

左近が空いた場所を示すと、権八が前に座り、浪人はその横に腰かけた。

権八はかえでに酒を注文すると、左近に浪人を紹介した。

「左近の旦那、こちらは、仕事仲間の旦那でござんす。ご浪人ですがね、そこら

の職人よりよっぽど腕が立つのでござんすよ」

権八が、鉋《かんな》で材木を削る真似《まね》をしながら言う。

左近は権八の隣に座る浪人と顔を合わせ、互いに頭を下げた。

浪人が先に名乗る。

「坂手と申します」

「新見です」

これが、左近と文左衛門の出会いであった。

権八に酒をすすめられた文左衛門は、口を湿らす程度で付き合い、左近にも酌《しゃく》をするなど、終始明るく接した。

文左衛門が左近に、薬研堀《やげんぼり》近くの甚兵衛《じんべえ》長屋《ながや》に妻と暮らしていると言うと、権八が話を引き取り自慢する。

「そのご新造《しんぞ》さんがまた、たいそう美人なのでございますよ、旦那」

「さようか」

「権八殿は大げさなのでござるよ」

謙遜《けんそん》する文左衛門に左近は笑みでうなずき、文左衛門が注いでくれた酒を飲み干してから訊《き》いた。

「ところで、腰の物はいかがされた」

浪人といえども武士だ。外を歩く時に脇差も帯《お》びていないことが、左近は不思議だった。

すると文左衛門は、さらりとした笑顔を向けた。

「今は普請場《ふしんば》で働く日傭取《ひようと》りでござるゆえ、家に置いております」

暮らしのために手放してはいないようだ。

知り合ったばかりだが、文左衛門の人柄に触れた左近は、浪人にしておくのは惜しい気がして、素性《すじよう》を知りたくなった。

「失礼だが、生まれながらの浪人ですか」

文左衛門の顔が微かに曇った。

「いえ……」

戸惑う文左衛門に、

「立ち入ったことを訊いてしまったようだ。お忘れくだされ」

左近が詫びると、文左衛門はかぶりを振り、酒を飲んだ。

「わたしは備中《びつちゆう》の出なのですが、お仕えしていた家が断絶してしまいましたので、妻と国を出て、生きる場所を探して旅をしておりました。江戸に落ち着いて、二年になります」

「では、仕官をお望みか」

左近が訊くと、文左衛門はまたかぶりを振った。

「他のお方にお仕えするつもりはございません。今の暮らしに、満足しております」

「あるじは、今どうされておる」

「お亡くなりになりました」

「さようか。忠臣だな」

謙遜の笑みを浮かべた文左衛門は、杯《さかずき》の酒を飲み干して折敷《おしき》に置き、立ち上がった。

「そろそろ帰ります。暗くなると、妻が心配しますので」

酒代を置こうとしたので、左近が止めた。

「ここはおまかせください」

「いや、それはいけません」

権八がすかさず口を挟む。

「文左の旦那、左近の旦那に遠慮はいりませんよ。気楽な若様でござんすから。

ねえ、旦那」

早くも酔っている権八に左近はうなずき、文左衛門に言う。

「これに懲《こ》りず、また来てください。次はゆっくり飲みましょう」

「はは。では、お言葉に甘えます。権八殿、また明日」

文左衛門は笑顔で頭を下げて、帰っていった。

左近はそれからも少しだけ酒を飲み、権八を連れて店を出ると、裏木戸からお琴の家に入った。

お琴が揃《そろ》える小間物を求めて、今日も店じまいまで三島屋《みしまや》は繁盛していたが、最後の客を送り出して、戸締まりをしている。

廊下に上がった権八が店に顔を出し、女房のおよねに声をかけた。

「あれ、お琴ちゃんはどこだい」

後ろから急に声をかけたので、およねがびっくりして飛び上がり、持っていた品物を落としそうになった。

慌《あわ》てて胸に抱き、じろりと振り向く。

「なんだいお前さん！　急に大きな声を出すんじゃないよ。手箱を落とすところだったじゃないのさ」

喧嘩腰《けんかごし》に言われて、権八がかっときた。

「うるせえ！　おりゃあよ、お琴ちゃんにいい知らせをしようと思ってだな……」

「うるせえじゃないわよ。この手箱、いくらすると思ってるんだい」

「いくらだ」

「一両だよ、いちりょう！」

指を一本立てて言うおよねに、権八がうっと息を呑《の》む。

「馬鹿野郎！　声をかけるめぇに言わねぇかい！」

「呆《あき》れた！　あたしのせいにする気かい！」

権八が急に弱気になった。

「そんなことより、傷物になっちゃいねぇだろうな。ちょっと見せてみろ」

近づく権八に、およねがしかめっ面《つら》で背を向ける。

「汚い手で触るんじゃないよ。酒臭《くさ》いね、飲んできたのかい」

「左近の旦那のおごりだ。まいったか」

するとおよねが、ぱっと明るい顔を向けた。

「左近様ですって」

「おうよ」

権八が、まるで自分が連れてきたとばかりに胸を張って奥を示す。

およねは手箱をそっと棚《たな》に置き、開けてある潜《くぐ》り戸《ど》から顔を出した。

表で近所の娘と立ち話をしているお琴に、

「おかみさん、待ち人がおいでてでございますよ」

と小声で知らせた。

お琴は振り向いて笑みでうなずき、娘との話を切り上げて戻った。

左近が来たのは半月ぶりだ。

「お夕飯、何にしましょうか」

そわそわするお琴に、およねは笑みで言う。

「あたしにまかせて、早くお行きなさい」

背中を押されて、お琴は左近がいる奥へと向かった。

権八も続こうとしたのだが、およねに耳たぶを引っ張られた。

「痛《い》てて、何しやがる」

「邪魔するんじゃないよ。野暮《やぼ》な人だね、まったくもう」

「あ、いけね」

首をすくめた権八が居間に座って、茶瓶《ちゃびん》の蓋《ふた》を開けて中をのぞき込み、

「なんだ空っぽか。喉《のど》渇いたな」

と言って、水を飲みに行った。

お峰《みね》の位牌《いはい》に手を合わせていた左近は、奥にあるいつもの部屋に入った。

ちょうどそこへお琴が来て、笑顔で言う。

「左近様、お会いしとうございました」

「おれもだ」

「権八さんと飲んでいらっしゃったのですね」

「うむ。権八殿の友人を紹介されたのだが、気のいい男だったので、酒が過ぎたようだ」

左近は庭に向いて座った。

「椿《つばき》がもう咲いたのだな」

「今年は秋が深まるのが早うございましたから」

「もうすぐ、雪の季節か」

お琴が隣に座り、左近の肩に寄り添った。

言葉もなく、こころ穏やかな時が過ぎていく。永遠に続いてほしいと思った左近は、お琴の肩に優しく手を回した。

「寒くはないか」

お琴は微笑《ほほえ》んでうなずく。

互いに顔を近づけようとした時、

「おかみさん、支度ができました」

およねが呼ぶ声がしたので、左近とお琴はくすりと笑った。

「行こうか」

「はい」

二人は立ち上がり、居間へ出た。すると権八が廊下の手前で横になり、いびきをかいている。

「寒いので、温かい蕎麦《そば》にしましたよ」

そう言って折敷にどんぶりを載せてきたおよねが、左近とお琴の膳《ぜん》に置いてくれた。

酒を飲んでいる左近に気を使ってくれたのだ。

千切りにした葱《ねぎ》とかまぼこが載せてあり、出汁《だし》の香りがいい。

「旨《うま》そうだ」

左近はおよねに言って箸《はし》を取り、権八を見る。

「起こしてやらなくていいのか」

するとおよねが、権八を見て言う。

「お前さん、蕎麦を食べるかい」

権八のいびきがぴたりと止まり、むくりと起き上がった。

「もう少しだけ、飲みます」

寝ぼけて言うものだから、およねが立ち上がりしなに耳元で告げる。

「蕎麦だよ、お・そ・ば」

「はい。食べますです」

とろんとした目を向けて答える権八に、お琴が自分の蕎麦を渡してやった。

およねが言う。

「おかみさん、いいんですよう」

「いいのよ。権八さん、伸びるからどうぞ」

にんまりとした権八が、手を合わせてどんぶりと箸を受け取り、蕎麦をすすった。

「こいつはうめぇや。旦那、伸びますよ」

左近はうなずき、葱と蕎麦を絡めてすすった。

出汁が程よく、葱と蕎麦の歯ごたえがいい。

「旨い」

お琴と自分のぶんの蕎麦を持ってきたおよねが、どうもと言って喜んだ。

権八が嬉しげな顔を向ける。

「旦那、飲みなおしやすか」

左近が返事をする前に、およねが言う。

「お前さん、明日は早いって言ってなかったかい？」

「でぇじょうぶだよ。文左の旦那のおかげで仕事がはかどったからよ、明日はゆっくりでいいことになったんだ」

「あらそう。文左衛門の旦那は、真面目だからね。おまけに女房想いだから、言うことなしだね」

「おうよ。誰かさんと違って、恋女房を放ってはおかねえからな。ねえ、旦那」

権八の嫌味に、お琴が慌てて言う。

「権八さん、やめて。左近様は来られないわけがあるのよ」

「お忙しいのはわかりやすがね、十日も二十日も来ないいんじゃ、お琴ちゃんも寂しいってもんだ。文左の旦那のように、毎日来られねえんですかい」

「そうしたいのは、やまやまなのだが……」

ばつが悪そうな左近を見て、およねが口を挟んだ。

「人のことばかり偉そうに言ってるけど、お前さんはどうなんだい？」

「あん？」

「文左衛門の旦那はさ、今日もお店に来られて、ご新造様に贈り物を買っていかれましたよ。ねえ、おかみさん」

「ええ」

「あたしも欲しいもんだね、簪《かんざし》の一本や二本さ」

権八が首をすくめて逃げようとしたので、左近が帯をつかんで引き戻した。

「旦那、あっしが悪うございました。お手をお放しくだせぇ」

左近は許さず、権八を座らせた。

「文左の旦那を見習ったらどうだ」

「それじゃ旦那、こうしましょう。毎日とは言いやせんから、旦那がここへ来られる回数を増やしてくださるなら、あっしもかかあに簪を買いますぜ」

「そうきたか」

「きました」

折よく、しばらく藩主としての仕事が詰まっていなかった。

左近はお琴に言う。

「おれはそのつもりで来たのだ。今日から、しばらくここにいる」

お琴は笑顔でうなずいた。

左近はすぐ帰ってしまうと思っていたらしく、権八は開いた口が塞《ふさ》がらない。

その権八の顔の前に、およねが手を差し出した。

「なんだよ」

「簪のお代をくださいな。おかみさんに選んでもらいますから」

「かぁ、やられた」

仕方なく権八は袂《たもと》から一分金を一枚出して、およねの手のひらに置いた。

上機嫌のおよねは、

「酒を持ってくるね、お前さん」

と言って、台所に立った。

笑顔で見ていた左近は、お琴に訊いた。

「文左衛門殿とは、知り合いだったのだな」

「はい。時々、奥様へ贈る品を買ってくださいますので」

権八が言う。

「ほんと、まめなお人ですよ。浪人になって苦労させたからでしょうがね」

左近は権八に訊いた。

「そのことだが、浪人になった経緯《いきさつ》は聞いておるのか」

「仕えていたお家が断絶になったとしか知りやせんよ。大工仲間が断絶の理由を訊きましたが、急に口を閉ざされましたんで、よほどのことがあったんじゃないかと察して、それからは誰も訊きませんからね。備中の出だというのも、ほんとうかどうか……。でもまあ、お人柄は間違いねぇので、みんな仲よくさせてもらっているってわけで」

「なるほど」

諸藩が財政に苦しんでいる今の世では、食い扶持《ぶち》を減らすために家来が放逐《ほうちく》されるのも、珍しいことではなくなっている。

三年前に文左衛門の身に起きたことなど知る由《よし》もない左近はそう思い、深く知ろうとはしなかった。

このあと四人で酒を飲みなおした左近は、久々にお琴と一夜を過ごした。

二

左近と初めて会った文左衛門は、妻の静に、

「今日は、なかなかよい御仁《ごじん》と知り合うことができた」

と、煮売り屋で権八と三人で飲んだことを話した。

さらに、

「見たところ、剣の腕も立ちそうだ。手合わせをしてみたいと思うたのは、国を出てからは初めてだ」

酒も入り饒舌《じょうぜつ》になる夫のことを、静は微笑ましい顔で見ていた。

兄重正が無念の横死《おうし》を遂《と》げて以来、文左衛門はめったに笑わなくなっている。

三年前のあの夜、屋敷で何があったのか、文左衛門は話そうとしない。

重正が藩の重役たちの不正を正そうとしていることは風の噂《うわさ》で知っていたが、兄の死にざまは訊かなかった。恐ろしかったのだ。

国を出て三年。

静は流れ着いたこの長屋の暮らしにも慣れ、今は幸せを噛《か》みしめている。文左衛門は仕官をする気もなく、日々普請場で埃にまみれて働いているが、この先も

今のままでいいと思っている。

翌朝、夜が明ける前に目覚めた静は、仕事に出かける文左衛門のために、朝餉《あさげ》の支度にかかった。

国を出て江戸に来るまでは、ほぼ食べられなかった白い米も、今は買えるようになっている。

そのことに感謝しつつ、静は米櫃《こめびつ》から白米を五合ほどすくって釜《かま》に入れ、井戸端に向かった。

飯が炊《た》ける香りに誘われて、文左衛門が目をさました。

「お前様、おはようございます」

「おはよう」

「もうすぐ支度ができますから」

「うむ」

毎朝同じ会話で一日がはじまるのだが、文左衛門が兄に仕えていた頃には、めったになかったことだ。

忙しい兄に仕えて宿直が多かった文左衛門は、月に三日も家にいられなかった。

井戸端で顔を洗って戻った文左衛門は、何よりも先に兄夫婦の位牌に手を合わせる。

屋敷から持ち帰った二人の遺髪は、つい先日、やっと建てることが叶《かな》った墓に埋葬《まいそう》した。

兄夫婦が眠るのは、深川北森下町《ふかがわきたもりしたちよう》にある長慶寺《ちようけいじ》だ。創建《そうけん》時に、将軍家光《いえみつ》公が木材を寄進《きしん》したといわれる由緒《ゆいしよ》ある寺なので、墓地を手に入れるのには多額を要したが、文左衛門はこつこつ貯めた金をすべて出して、兄夫婦を供養《くよう》するために墓を建てたのだ。

饒舌だった昨晩とは別人のように、静かに朝餉をとる文左衛門の様子を見て、静はおかしくなった。

笑い声に気づいた文左衛門が、驚いた顔を上げる。

「いかがした」

「顔がにやついておりますよ。夕べのことを思い出しているのですか」

すると文左衛門が、しまったという顔をした。

「そうか、笑っておったか」

「はい」

「まいった。いや、違うのだ。考えていたのは夕べのことではない。実はな……」

文左衛門は箸を置いて、自分の手箱を引き寄せ、蓋を開けた。

取り出して渡された品を見て、静は目を細めた。

「まあ、なんて可愛らしい簪でしょう」

花の形に彫《ほ》られている桜色の珊瑚玉《さんごだま》がついた簪で、静はすぐに気に入ったようだ。

「どうされたのですか」

「お前には、日頃苦労をかけているからな、これぐらいはさせてくれ」

「お高いのではないですか」

「案ずるな。それがそうでもないのだ」

値を言わないが、文左衛門は決して金遣《かねづか》いが荒いほうではない。それゆえに、静は安心して喜んだ。

「さっそく、使わせていただきます」

「うむ」

文左衛門は、喜ぶ静の顔を想像して、にやつきながら飯を食べていたようだ。

三年前は辛いことがあったが、こうして文左衛門と静は、幸せな暮らしを送っている。

夫婦仲がいいことは甚兵衛長屋の住人たちも知っているので、

「あとは子宝だけだね」

「お二人の子なら、可愛い子が生まれるに決まっているよ」

と、遠慮のない年増の女房たちは言ってくる。

文左衛門と静も欲しくないわけではないので、

「こればかりは、授《さず》かり物ですから」

と言って、どこそこの社《やしろ》が子宝に恵まれると聞けば、足を運んだりもしていた。

何より静が大切にしているのは、嫁《とつ》ぐ時に兄が渡してくれた、子授《こさず》け明神《みょうじん》として名高い備前三石《びぜんみついし》の孕石神社《はらみいしじんじゃ》のお札だ。

子を授かったら返してくれと言った兄の顔を、昨日のことのように思い出す。

今となっては形見になってしまったお札。

この長屋に落ち着いてからというもの、静は文左衛門に作ってもらった神棚《かみだな》にお札を上げて、毎朝欠かさず手を合わせている。

朝餉をすませて仕事に出かける文左衛門を送り出した静は、神棚のお札にそっと手を合わせて祈願すると、朝餉をとって片づけをした。

忙しく洗濯と掃除をすませた静は、縫い物の内職に取りかかる。

　母親から厳しく躾《しつ》けられたおかげで、呉服問屋から着物の仕立てを頼まれるほどの腕前だ。

　暮らしの足しになればとはじめた仕事は、縫い目が美しいということで、今では武家に納《おさ》める高価な着物の仕立てをまかされるようになった。

　多い時は、文左衛門が稼いでくる賃金を超えることもあるのだが、静は決してそのことを口にせず、黙って蓄《たくわ》えにしている。江戸は火事が多いので、いざという時のために貯めているのだ。

　今日の昼に納めることになっている着物を仕上げた静は、風呂敷《ふろしき》に包み、家を出た。

　向かうのは、横山町《よこやまちょう》三丁目にある呉服屋の田村屋《たむらや》だ。

　仕事を請け負ったのはこれが三度目だが、普段世話になっている日本橋《にほんばし》の呉服問屋から紹介されたのが縁で、武家に納める着物を頼まれるようになった。

　今回の品も、旗本に納める小袖《こそで》だ。

　うっかり落として汚さぬよう気をつけながら歩んだ静は、田村屋の暖簾《のれん》を潜り、ほっと息を吐いた。

　高級呉服を扱う田村屋は、今日も客がいない。

店が繁盛していないのではなく、庶民が相手ではないので、店を開けてはいるものの、商《あきな》いはもっぱら客の屋敷に反物《たんもの》を揃えて売りに行くのだ。

そのため、手代《てだい》たちはほとんど出払っていて、店は落ち着いている。

「ごめんくださいまし」

訪《おとな》うと、店番をしている番頭の喜助《ぎすけ》が奥から出てきた。

「お静さん、いらっしゃい。品物を届けてくれたのかい」

「はい」

「見せておくれ」

静は招かれ、畳が八畳ほど敷かれた店の売り場に上がり、荷を解いた。

上等な絹の着物は灰色で、胸と背中と袂には白糸で九曜紋《くようもん》が刺繍《ししゅう》されている。

出来栄《できば》えを見た喜助が、目を細めた。

「今回も、見事ですね」

そこへ、あるじの長七《ちょうしち》が奥から出てきた。

その後ろに人影が見えた気がしたが、長七に話しかけられた静は、何も思わず長七に頭を下げた。

「いつもきっちり期日を守ってもらえるから、ほんとうに助かるよ」

長七が言い、衣桁《いこう》に掛けられた着物を見て続ける。

「これならば、高坂河内守《こうさかかわちのかみ》様もお喜びになってくださるはずですよ」

高坂と聞いた静の顔が、途端に曇った。九曜紋を見て、薄々そうではないかと思っていたのだが、やはり……。

黙って顔をうつむける静。

目を細めた長七が、喜助に言う。

「番頭さん、手間賃をお渡ししたのかい」

「これは、うっかりしておりました」

喜助が急いで帳場に行き、引き出しから一分金を一枚つまんで、紙に包んで持ってきた。

受け取った長七が、正座している静の膝下《ひざもと》に置き、その横に袂から取り出した別の包みを並べた。

「十両入っているよ」

静は驚いて顔を上げた。

長七が言う。

「これは高坂様からです。先日の話、考えてくださいましたか」

静は手間賃を帯にしまい、十両の包みは押し返した。

「そのことは、お断り申し上げたはずでございます」

「いい話だと思いますがね。長屋暮らしは楽ではないでしょうに」

これ以上の長居は無用と思った静は、長七に頭を下げた。

「次の仕事がございますので、失礼いたします」

立ち上がって帰る静を見上げた長七が、ため息をつく。

「そうですか、わかりました。でも、気が変わればいつでもおいでください。待っていますよ」

しつこく言う長七の声を背中で聞きながら、静は振り向かずに店から出た。

その後ろ姿を、表通りに面した別室の格子窓《こうしまど》から見送る侍がいたのだが、静は気づくことなく通りに歩みを進める。

長七から、高坂家に入らないかと誘われたのはつい先日、着物の仕立てを頼まれた時だった。

女中奉公かと思っていると、そうではなく、高坂の側室として入らないかという話だった。

文左衛門と別れることなど考えられない静は、きっぱりと断った。

長七は残念がっていたが、その日はあっさり引き下がったので、終わった話だと思っていた。

また誘われていやな気持ちになった静は、もう二度と田村屋の仕事は受けまいと決めて、家路についた。

通りの辻《つじ》を曲がった時、後ろから名を呼ばれたので立ち止まって振り向くと、番頭の喜助が小走りで近づいてきた。

「お静さん、先ほどは失礼したと、あるじ長七が申しております。どうかこれに懲りず、また仕事を受けていただけませんか」

新しい仕事を頼もうとしたのだが、静が帰ってしまったので追ってきたというのだ。

喜助は、持っていた風呂敷包みを差し出した。

裁断《さいだん》まではすでにすませてあり、あとは縫うだけにしてある生地《きじ》は、武家の奥方の着物だとか。

静は断ろうとしたのだが、懸命に頼む喜助の熱意に押されて、仕事を受けてしまった。

安堵した喜助が、さらに言う。

「三日でなんとかなりませんか」

静は慌てた。

「急に言われても困ります。他の仕事もありますので」

「そこをなんとか。正直申しますと、お頼みしていた縫い子さんが熱を出してしまって、期日までにできそうもないと言うので、引き取ってきたのです。手間賃を一両出しますので、先に頼めませんか。このとおりです」

喜助に拝《おが》み倒されて、静は仕方なく三日で終わらせることを約束した。

文左衛門に迷惑がかかるので、夜なべはしたくなかったのだが、頼んでみるしかない。

静はそう思いながら、家に帰った。

三

権八と共に普請場の仕事をしていた文左衛門は、いつもより半刻《はんとき》（約一時間）ばかり早く終わったので、まっすぐ家に帰った。

甚兵衛長屋は夕餉の支度の真っ最中で、路地には竈《かまど》の煙が立ち込めていて、それぞれの部屋から煮物や焼き魚のよい香りがしている。

文左衛門は、路地でめざしを焼いていた女房連中とあいさつを交《か》わしながら歩み、部屋の戸を開けた。

「お静、帰ったぞ」

静はまだ針仕事をしていた。早く帰った文左衛門に驚き、

「すみません。すぐに夕餉の支度をしますから」

慌てて立とうとしたので、文左衛門が止めた。

「今日はいつもより早く終わったのだ。まだ飯時ではないぞ」

静は安堵した。

「夢中になりすぎて、時を誤ったかと思いました」

文左衛門は、昨日とは違う生地に気づいた。

「今日は、違う仕事か」

「田村屋さんから、急ぎの仕事を頼まれたのです。三日で仕上げなくてはなりませんので、今夜は夜なべをしたいのですが」

「それは構わんが、忙しいことだな。無理はいかんぞ」

「はい」

「よし、夕餉のことはわたしにまかせてくれ」

文左衛門が気遣って言うと、静が慌てた。

「大丈夫です。お前様もお疲れなのですから。今支度をしますので」

「無理をするな。急ぎの仕事なのだろう」

「でも……」

静が気を使うので、文左衛門は考えを変えた。

「よしわかった。今夜は外で食べよう。蕎麦でもどうだ」

静はかぶりを振った。

「今朝のご飯が残ってますので、わたしは湯漬《ゆづ》けですませますから、お前様は、外でゆっくりしてきてください」

銭を渡された文左衛門は、忙しい妻の邪魔をしてはいけないと思い、素直に出かけた。

長屋の路地から通りに出たものの、文左衛門は行き場に困った。酒を飲んでこいと言われたのはいいが、長く居座れる馴染《なじ》みの店がないのだ。

どこに行くか迷った末に頭に浮かんだのが、権八の顔だった。

権八ならば、遅くまで付き合ってくれるはず。

そう思った文左衛門は、行き帰りだけでも半刻は時を稼げるとも考え、わざわざ浅草《あさくさ》まで足を運ぶことにした。

浅草御門を潜り、蔵前《くらまえ》を通って四半刻《しはんとき》(約三十分)で花川戸町に着いた文左衛門は、権八の家を訪ねるつもりで、昨夜飲んだ煮売り屋の前を歩んでいたのだが、

「おや」

店の中から聞こえた笑い声に足を止めた。

愉快そうな馬鹿笑いは権八のものに違いないと思いのぞいてみると、ぐい呑《の》みと箸を持った権八が、大口を開けて笑っていた。

前に座っているのは新見左近だ。左近は権八を見てにやついている。

「いらっしゃい」

かえでが声をかけて、夕べの、という親しみを込めた顔で頭を下げたので、文左衛門は権八を指差した。

「一緒に飲みたいのだが」

「はい、どうぞお入りください」

かえでがきびすを返して、権八に声をかけた。

すると権八が、

「おお!」

驚きの声をあげて立ち上がり、手招きした。

「文左の旦那、こっちです」

文左衛門も手を挙げて応じ、かえでに酒を頼んで奥へ向かった。

権八の前に座っている新見左近とあいさつを交わした文左衛門は、床几に腰かけて権八に訊いた。

「外まで笑い声が聞こえておったが、何か愉快なことでもあったのか」

すると権八が、

「どこにでもある世間話ですがね、左近の旦那と飲むと、つい楽しくなるのでござんすよ」

と言って、また馬鹿笑いした。

仕事を終えて帰ってから、今まで飲んでいたらしい。

かえでがぐい呑みとちろりの燗酒《かんざけ》を持ってきたので、権八が受け取り、文左衛門に酌をした。

「ところで、文左の旦那こそどうされたんです。今日はまっすぐ帰るとおっしゃったじゃござんせんか」

文左衛門は酒を一口飲み、静に外で飲んでこいと言われたことを正直に話した。

すると権八が手を打って応じる。

「わかりやすよ、働く女房を持つ者の気持ち。実を言いますと、あっしたちもその口なんで。ねえ、左近の旦那」

「う、うむ」

左近が微妙な返事をする。

権八が文左衛門に言う。

「こちらの旦那はね、隣の三島屋のおかみさんと夫婦じゃないが、夫婦みたいなもんです。で、ご存じのように、あっしの女房もそこで働いておりますんで、店が終わるのをこうして待ってるってやつですよ。ねえ、左近の旦那」

「う、うむ」

ふたたび微妙な返事をする左近を見て、板場で仕事をしていた小五郎が笑った。

左近が目を向けると、小五郎は真顔になる。

文左衛門はひとつため息をついて、左近に言った。

「今は浪人の身ですが、武士が妻に働いてもらわねば食えぬというのは、正直辛いものです。妻は黙っておりますが、稼ぎはそれがしよりも多いはず。それなのに、それがしのことを立ててくれます。いっそのこと刀を捨てて職人になれば、権八殿のように稼げるのでしょうが……仕官をする気もないくせに、未練がましく刀を持っております」

そう言いつつも、どこか幸せそうな文左衛門の様子を見て、左近は仕官をすめるでもなく話を聞いている。

権八は文左衛門に不満が溜《た》まっていると思ったらしく、次々酌をして酔わせようとした。

「今日は、ぱあっと飲んで忘れて、明日からまた稼ぎましょうや。本気で大工になりたいって気になったら、すぐに言ってくださいよ。あっしが棟梁《とうりよう》に話をつけてさしあげますんで」

すると文左衛門が、権八に頭を下げた。

「まだ先になるかもしれんが、その時は是非、権八殿の弟子にしてくだされ」

「そいつはいいや。旦那はまだお若いし、大がつく真面目だ。先々にはきっと棟梁になれますぜ」

「棟梁か、それもよいな」

そうなれば静に楽をさせてやれると思った文左衛門は、なんだか嬉しくなり、酒が旨くなった。

ぐい呑みを一息に空けて、権八と左近と飲み交わしているうちに、すっかり気分がよくなった。

一刻（約二時間）ほどたっぷり飲んだ頃、そろそろ帰らねばと思い、文左衛門はかえでを呼んだ。

「おかみさん、すまないが、煮物を詰めてくれぬか。持ち帰りたい」

仕事をしている静のために持って帰ろうとした文左衛門は、かえでが詰めてくれたどんぶりを受け取り、銭を置いて立ち上がろうとした。だが、足が言うことを聞かず、尻餅《しりもち》をついてしまった。

危うく煮物を落とすところだったが、文左衛門の身のこなしは柔らかく、汁の一滴たりともこぼれなかった。

それを目にしたかえでが、左近を見た。

――かなりの遣《つか》い手《て》。

そう思った左近は、かえでにうなずく。

文左衛門に付き合った権八は、酔い潰れて眠っている。

左近に手を差し伸べられて、文左衛門は笑みで応じた。

「新見殿、かたじけない」

手を引いて立たせてやった左近が、ふらつく文左衛門を見て言う。

「酔いざましに、家まで送ろう」

思わぬ申し出に、文左衛門は嬉しそうな笑みを浮かべた。会うのは二度目だが、左近のことを気に入った文左衛門は、静に紹介したいと思ったのだ。

「では新見殿、お言葉に甘えます」

文左衛門は遠慮なく、左近の肩を借りた。

表まで見送った小五郎が、

「くれぐれも、お気をつけて」

と文左衛門に声をかける。

だが、小五郎の気持ちは、左近に向いている。

左近はうなずき、文左衛門を支えて歩んだ。

好機と思った左近は、夜道を歩みながら文左衛門に訊いた。

「剣のほうは相当な腕前とお見受けしたが、以前は身分のあるお方に仕えておられたのか」

「二百石ほどのお家でした。剣は旦那様に鍛えられました。しかしながら、腕前のほうはたいしたものではござらぬ。何を見てそう思われたかは知りませんが、買いかぶりすぎですぞ」

「さようか」

左近が笑みでうなずくと、文左衛門は立ち止まった。

「新見殿、お願いがござる」

改まって言うので、左近は正面に向き、訊く顔になる。

文左衛門が言う。

「それがしと、友になってくださらぬか。江戸に来てからというもの、必死で働いておりましたので、権八殿の他に友と呼べる者がおらぬのです。できれば、妻を三島屋のおかみさんにも紹介させてもらいたい。いかがでしょうか」

文左衛門の申し出に、左近は笑みでうなずいた。

文左衛門も笑みを浮かべて、左近を家に案内した。足はふらついているが、酔いはいくぶんかさめたようだ。

甚兵衛長屋の路地に入り、自分の部屋の前で立ち止まった文左衛門が、

「少しお待ちくだされ」

と言って中に入り、友を連れてきたと告げている。

ばたばたとする様子はあったが、それはほんの少しのあいだだけで、戻ってきた文左衛門が中に招いた。

狭い土間に入ると、座敷で正座していた妻が頭を下げた。

文左衛門が左近に紹介する。

「妻の静です。静、こちらは新見左近殿だ。三島屋の女将《おかみ》と、恋仲のお方だ」

「まあ」

明るい笑みを浮かべた静が、申しわけなさそうに言う。

「送っていただき、主人がご迷惑をおかけしました」

左近はかぶりを振って応《こた》える。

「こちらこそ夜分にすまぬ。仕事をしておられたのだろう。手を止めさせて申しわけない。今夜はこれで失礼する」

すると静が慌てて座敷に促《うなが》す。

「せめてお茶だけでも」

「新見殿、ささ、お上がりくだされ」

文左衛門にも引き止められたが、左近は遠慮した。

「また後日、ゆっくりお会いいたそう。お琴にも、さよう伝えておくゆえ」

左近が外に出ると、文左衛門と静が見送りに出た。

文左衛門が静の簪を示しながら言う。

「この簪は、おかみさんにすすめられて求めた物です。妻は三島屋さんの品が大好きなのです。よろしくお伝えくだされ」

「お琴も喜びます。では」

左近は夫婦に軽く頭を下げ、お琴のもとへ帰った。

左近の話を聞いて、お琴が喜んだのは言うまでもないことだが、左近が驚いたのは、お琴から聞いた話だった。

文左衛門は、月に一度は一人で店に来て、妻のために小間物を買っていくのだという。

お琴がさらに言う。

「お客さんのあいだでも評判になっているのですよ。妻想いの優しいお方だと。奥様にはまだお会いしたことがなかったので、嬉しゅうございます」

左近はお琴にうなずいた。

「さようか。それはよかった」

「およねさんが権八さんに簪をせがんだのは、妻想いの文左衛門さんを見て、うらやましがっていたからなんです」

「権八殿は、およね殿に甘えているところがあるからな。おれも、人のことは言えぬが」

左近はそう言って、お琴を抱き寄せた。

四

静は、三日目の朝にようやく仕事を終えることができた。

衣桁に掛けて出来栄えを確かめていると、隣の女房のおたみが勝手に入ってきて、着物の美しさにうっとりした。

「きれいな着物だねぇ。一度でいいからそんなのを着て、町を歩いてみたいものだよ。今度はどこのお屋敷に納めるんだい」

訊かれて、静は笑顔で答える。

「お武家の奥方様の物だとはうかがっておりますが……名前までは聞いておりませんのよ」

「そうかい。さぞかし立派なお家柄なんだろうね。朝から目にいい物を見せてもらったから、これ、お礼だよ」

おたみは、はなからお裾分《すそわ》けしてくれるつもりで来たのだろうが、そう言って卵をくれた。

「まあ嬉しい。ありがとう、おたみさん」

「今夜のおかずにするといいよ。旦那さんの好物だろう」

静はうなずいた。文左衛門は、出汁《だし》巻き玉子《たまご》が大好きなのだ。

夜なべで迷惑をかけたので、おいしい夕餉を作ろう。

そう思った静は、おたみが帰ると着物を畳《たた》んで風呂敷に包み、田村屋に行った。

出来栄えを見た番頭の喜助が、

「いやぁ素晴らしい」

と感心して礼を言った。

「これで店の面目が立ちます。ほんとうにありがとうございました。奥に一席もうけておりますので、食べていってください」

思わぬ誘いを受け、静は断った。

「とんでもございません。そのようなお気を使われては困ります」

「よろしいではないですか。ささ、どうぞ。あるじが待っておりますので」

長七が待っていると聞いた静は、また側室の話をされるのではないかと思い、気が重くなった。

「せっかくですが、あとの仕事が詰まっておりますので、これで失礼させてください」

静が頭を下げると、強引に誘うのもどうかと思ったのか、喜助はあっさり引き下がった。

「そうですか、それは残念です。ああ、ちょっとお待ちを。手間賃をお渡ししますから」

喜助は帳場に行き、紙包みを手に戻った。

「約束の一両です」

いつも受け取る一分でも十分すぎると思っていた静は、恐縮した。

「よろしいのですか」

「もちろんですとも。ほんとうにありがとうございました」

笑顔で感謝されて、静は手間賃を受け取り、家路についた。

あるじの長七が顔を見せなかったので、静はほっとしている。次の仕事はやはり断ろうと思いつつ、家に帰った。

その頃、田村屋では、長七が客間の上座に向かって、ばつの悪そうな顔で頭を下げていた。

「わたしの話の持っていきようが悪うございました。すっかり警戒されてしまったようです」

静が逃げるように帰ったと喜助から言われて、長七は上座に着く男にあやまったのだ。

不機嫌極まりない顔で座っているのは、千石の旗本、高坂河内守だ。

長七が言う。

「お静は確かに美しゅうございますが、人妻です。それに、お静に勝《まさ》るおなごは、他にもおりましょう。どうかおあきらめください」

高坂は酒の杯を膳に投げ置き、ため息をつく。

「好いたおなごをあきらめることなどできぬ」

「では、強引に……」

「そのようなことをしては、嫌われるだけではないか」

高坂が怒ったので、長七は困り顔をした。

「喜助に調べさせましたところ、夫婦仲は人がうらやむほどよいらしく、これを引き離してお屋敷に招くのは難しいかと」

「亭主は浪人者であったな」

「はい」

「貧しい長屋暮らしの、どこがよいのだ。静の気持ちを亭主から離れさせる、よい手はないものかのう」

すると、黙って聞いていた一人の侍が、高坂に顔を向けた。

「それがしに、考えがござりますぞ」

鋭い目つきをして言うのは、北町《きたまち》奉行所与力《よりき》の佐久間《さくま》哲守《てつもり》だ。

高坂が頼もしそうな顔で、佐久間に目を向ける。

以前、高坂は市中に出た時、つまらぬいざこざで人を斬ったことがあり、その際、長七が懇意《こんい》にしていた佐久間に頼み、刃傷沙汰《にんじょうざた》を揉《も》み消してもらったことがある。

以来、高坂と佐久間は密に付き合うようになり、今日も高坂が好いたおなごを見てみたいと佐久間が言ったので、品物を持ってくる静を座敷に上げて、見させてやろうとしていたのだ。

先日、店から帰る静の姿を隠れて見ていたのは、高坂だった。

喜助に命じて、急ぎの仕事だと偽《いつわ》って三日後に来るよう仕向けたのも、やはり高坂だったのだ。

「佐久間殿、その考えとやらを教えてくだされ」

高坂に頼られて、佐久間が口を開いた。

「それがしのことを探る目障《めざわ》りな与力がおります。このままだと、高坂殿の刃傷の件も表沙汰にしかねぬので、どうしようか考えておったのですが……話を聞いているうちに、よい手を思いつきました。高坂殿が好いた女の亭主に、与力殺しの下手人《げしゅにん》になってもらうのはいかがか。さすれば、女は独り身となりましょう」

「与力を殺すのか」

高坂が訊くと、佐久間はうなずいた。

「殺さねば、高坂殿の件が暴《あば》かれる恐れがあります」

「しかし、相手は与力。静の亭主を、どうやって与力殺しの下手人にするのだ」

「その与力の奥方も、なかなかに美しい女なのですが、男癖が悪いとの噂がござりますゆえ、これをうまく利用しましょう。手はずは――」

佐久間から大まかな話を聞かされた高坂は、口元を歪《ゆが》めながら醜《みにく》い笑みを浮かべた。

「それはいい考えだ。あの件が表沙汰になれば、わしは間違いなく切腹させられる。目障りな与力に消えてもらい、静も手に入るなら、これに越したことはない。佐久間殿、頼む」

うなずいた佐久間に、高坂が訊く。

「人手はあるのか」

「はい。こういう時のために、腕が立つ者を手懐《てなず》けておりまする。動かすには、少々金がいりますが……」

するると、長七が口を挟んだ。

「わたしに出させてください。いかほどご入り用でしょうか」

「そうさな、百両もあればよかろう」

「かしこまりました」

快諾《かいだく》した長七が座をはずし、袱紗《ふくさ》に包んだ百両を持って戻った。

「すまぬな、田村屋」

高坂が礼を言うと、長七が首を横に振る。

「なんの。日頃お世話になっているのですから、多少なりともお力になれて嬉しゅうございます。そのかわり高坂様、例の件のこと、何とぞよしなに」

「わかっておる。抱え屋敷は好きに使うがよい」

「ははあ」

長七は大喜びで頭を下げた。

その様子を見て、高坂がほくそ笑みながら言う。

「田村屋、ことがうまく運んだ時は、佐久間殿に十分な礼がしたい。しっかり稼いでくれよ」

「おまかせください。佐久間様には日頃から何かとお助けいただいておりますので、たっぷりとお礼をさせていただきます」

「そのためにも、邪魔者には消えてもらわねばなりませんな」

佐久間が言い、くつくつと笑った。

五

数日後の夕方、仕事を終えて家路についていた文左衛門の前に、田村屋の喜助が現れた。

「坂手様、田村屋の番頭喜助でございます」

そう言って頭を下げられた文左衛門は、笑顔で応じた。

「妻が世話になっております」

「いえいえこちらこそ、お静様にはいつもご無理を聞いていただき、大変お世話になっております」

「さようか。して、それがしになんのご用か」

「はい。あるじが是非ともお静様のご主人様に、日頃のお礼をお伝えしたいと申しておりますので、足をお運びいただけませんでしょうか」

「今からか」

「はい」

喜助が待たせている駕籠《かご》に促す。

妻が世話になっている店のあるじの誘いを断れぬと思った文左衛門は、素直に応じて駕籠に乗った。

連れていかれたのは、神田川《かんだがわ》の河口に待たせていた屋根船だった。

船着場から乗り込むと、中に酒肴《しゅこう》の膳が用意されており、あるじの長七が待っていた。

満面の笑みで迎えた長七が、静の針仕事のことを褒《ほ》め称《たた》えるものだから、文左衛門は嬉しくなり、自然に笑みがこぼれた。

長七が恐縮して言う。

「先日は夜なべをしていただいたのでございましょうから、ご主人様にもご迷惑をおかけしました。今夜はそのお詫びと、これに懲りず、これからもお付き合いをさせていただくお許しをお願いしたく、失礼ながらお招きさせていただきました。急なことで申しわけございません」

「いや、それは構わんよ。仕事をいただけるだけでもありがたいというのに、このようなことまでしていただき、まことにかたじけない」

「何をおっしゃいます。ささ、まずは一献《いっこん》」

酒をすすめられて、文左衛門は杯を受けた。

杯を空けて、料理にも手をつけた文左衛門は、次第に気分がよくなり、静の働きぶりを長七に教えてやるなどして、気づけばしたたかに酔っていた。

「いかん。話がはずむと、つい飲みすぎてしまう。悪い癖だ」

文左衛門は、そろそろ帰ると言ったのだが、長七が酒をすすめた。

「あとこれだけでございますから、もう一杯」

新しい銚子《ちょうし》を持つ長七に、文左衛門は酔った顔を向けて笑い、杯を差し出した。

注がれた酒を飲み干した文左衛門は、長七に改めて礼を言い、舟を岸に戻すよう頼んだ。

ところが、文左衛門は急な眠気に襲われて、どうすることもできずに意識を失い、膳に突っ伏した。

その姿を見た長七が、ほくそ笑む。

「喜助、眠ったぞ」

外に声をかけると、障子を開けた喜助が、たくらみを含んだ笑みでうなずいた。

同じ夜、北町奉行所では、仕事を終えて帰ろうとしていた与力の堂前景信《どうまえかげのぶ》が、佐久間に呼び止められていた。

「是非とも、聞いていただきたいことがござる」

日頃から怪《あや》しんでいた佐久間が神妙な面持《おもも》ちで言うので、堂前は役宅に帰るのをやめて、話を聞くことにした。

佐久間が、奉行所では話せぬことだと言うので、何か裏があるのではと警戒した堂前は、自分が行きつけの店に誘った。

日本橋の北詰にほど近い、品川町《しながわちょう》の裏河岸《うらがし》にある小さな料理屋に連れていった堂前は、酒を飲む前に話を促すと、佐久間は思いもよらぬことを口にした。

堂前は、佐久間を睨《にら》んで言う。

「……妻の秋美《あきみ》が、間男《まおとこ》をしているだと」

「間違いないかと」

そう断じた佐久間は、神妙な顔をしている。

妻の男癖が悪いことを知っているだけに、堂前も驚きはしない。

役目柄、家を留守にすることが多い与力であるが、堂前の場合はそれだけではない。

堂前は仕事もでき、悪事には鼻が利くのだが、女にはだらしがないところがあり、近頃は神田にある妾宅《しょうたく》で夜を過ごすことが多かったのだ。

寂しい妻が浮気をしても文句は言えぬが、堂前は同輩の佐久間に知られた妻の不用心さを恨《うら》み、腹が立った。

佐久間に訊く。

「いつ、どこで見た」

佐久間は、ばつが悪そうな顔で答える。

「今日の暮れ時だ。堀江《ほりえ》町《ちょう》の万橋《よろずばし》近くにある一軒家に、男と入るのを見た」

「何っ！」

これにはさすがの堂前も驚いた。その家は、家賃収入を得るために買ったばかりのものなのだ。

佐久間は堂前のことを調べ、この家の存在を知っている。堂前は怒りを露《あら》わにしていないつもりだろうが、当然表情に出ている。はらわたが煮えくり返っていることは、佐久間もお見通しだ。

堂前は佐久間に酒を飲んで帰るよう言い、先に帰った。

店を出た堂前は夜道を走り、妻がいる家に向かった。

追って出た佐久間は、堂前の両肩が怒りに震えている様子を見てほくそ笑む。そして物陰に潜んでいる者に顔を向け、顎《あご》で指図した。すると二人の男が、堂前を追っていく。

佐久間はその者たちの知らせを待つべく、奉行所に戻った。

程なく堀江町の家に着いた堂前は、格子戸を開けて戸口に行き、荒々しく戸を開けて家に上がった。

暗い廊下の先で、障子越しに明かりが漏れている。そこは八畳の寝間だ。畳が敷いてあるだけで、夜具《やぐ》などは置いていない。

「このようなところで、男と……」

身体を重ねているであろう妻に怒り、堂前は障子を開け放った。

「うっ！」

部屋の光景に、堂前は愕然《がくぜん》とした。

そして部屋の中に入ろうとしたその刹那、背後から突き刺された。

「うおっ！」

激痛に顔を歪め振り向いた堂前の顔に、無情の一刀が浴びせられる。

額から顎にかけて斬り割られた堂前は、のけ反《ぞ》るようにして倒れ、そのまま絶命した。

覆面を着けた曲者が、堂前の脇差を抜いて血をつけ、その手ににぎらせた。

そして堂前を殺《あや》めた己の刀は、鞘《さや》と共に部屋の隅に投げ捨て、裏から逃げた。

文左衛門は、顔に冷水を浴びせられて飛び起きた。

「それ、引っ捕らえい！」

大声を聞いて我に返ると、突棒《つくぼう》や寄り棒を持った複数の町方役人に囲まれていた。

「ここはどこだ」

文左衛門は何が起きたのかまったく理解できない。抗《あらが》う間もなく縄を打たれた文左衛門は、足下《あしもと》を見て息を呑む。全裸の女が、恨めしそうな目を向けて死んでいたからだ。

そして、自分もふんどし一丁の裸だった。

「待て、これは何かの間違いだ」

文左衛門は必死で訴えたが、目の前に現れた陣笠《じんがさ》と防具を着けた町方与力が大声をあげた。

「黙れ！　この人斬りめ！」

馬の鞭《むち》で肩を打たれた文左衛門は、激痛に呻く。廊下で侍が死んでいるのが目に入ったのは、その時だった。斬られた顔が、ざくろのようにむごたらしい姿になっている。

——罠《わな》に嵌《は》められた。

そう悟《さと》った文左衛門は、名を名乗り、無実を訴えた。

「わたしは刀を持ち歩いていない。人斬りなどできぬ！」

「黙れ！　大番屋《おおばんや》でじっくり吐かせてやるから覚悟しろ。連れていけ！」

与力が命じるや、文左衛門は同心《どうしん》と小者たちにつかまれて立たされ、夜の町へ引き出された。ふんどし一丁の裸のまま縄を打たれた姿で町を歩かされ、南茅《みなみかや》

佐久間が立ち上がり、小伝馬町《こでんまちょう》の牢屋敷《ろうやしき》へ連れていくよう命じた。

「待て、待ってくれ。わたしは殺していない」

文左衛門は佐久間の足につかみかかって訴えた。

「ええい、離せ！」

佐久間が言い、役人が寄り棒で打ち、文左衛門は引き離された。

両脇を抱えられて出されるあいだも、文左衛門は無実を訴え続けた。

その姿を見送る佐久間が、ほくそ笑んでいる。

大番屋の外に連れ出された文左衛門は、力を振り絞《しぼ》って逃げようとしたが、寄ってたかって取り押さえられた。

「わたしはやっていない！　断じてやっていない！」

「黙れ！」

役人に寄り棒で背中を打ちのめされた文左衛門は、薄れゆく意識の中、血に染まった口で声を絞り出した。

「お静……」

妻のもとへ帰りたい文左衛門は、腕を伸ばして地べたを這《は》おうとしたところで、気を失った。

第二話　武家の妻

一

今日はお琴の店が休みの日なので、舟で大川《おおかわ》をくだり、芝《しば》の増上寺《ぞうじょうじ》に行こうということになった。久々の外出だ。

新見左近は縁側に座り、お琴が支度を終えるのを待っていた。

以前に小五郎からもらっていた、

(江戸市中人出番付)

という番付表を真剣に眺《なが》め、増上寺界隈《かいわい》でお琴が喜びそうな場所を探していた。

縁側に座る今の姿を見て、徳川宗家の血を引き、数年前まで次期将軍と言われていた甲府藩主であるとは誰も思うまい。

番付表によると、増上寺周辺の休み処《どころ》では、一茶《いっさ》という新しい店の蒸しまんじゆうが最上位の大関に選ばれていた。

左近はここに行ってみようと思い、番付を懐《ふところ》に入れた。

折よく、支度を終えたお琴が奥の部屋から出てきた。

人気の小間物屋を営むお琴が選んだだけあって、白を基調とした縞《しま》模様の着物がよく似合っている。

「行こうか」

「はい」

二人が揃《そろ》って出かけようとした時、裏の木戸が荒々しく開けられ、権八が庭に転がり込んできた。

走ってきたらしく、汗みずくになり、息を荒くしているが、縁側にいる左近とお琴を見るなり、泣きっ面《つら》をした。

「左近の旦那、文左の旦那が……旦那がてぇへんだ」

尋常ではない様子に、左近は庭に下り、突っ伏して泣く権八を助け起こした。

「いかがいたしたのだ。文左衛門殿に何があった」

泣き顔を上げた権八が言う。

「普請場《ふしんば》に文左の旦那が来ねえもんだから、風邪《かぜ》でもひかれたのかと思っていたら、棟梁《とうりょう》のところに町方の役人が来たんです。それで旦那のことをいろいろ訊《き》くもんだから、どうしたのか訊いたんで。そしたら役人の野郎、文左の旦那が酒に酔って北町の与力夫婦を斬り殺したなどと、とんでもねぇことを言うんでさ」

左近は絶句した。

「あの文左衛門殿が、まさかそんなことを」

「するはずもねぇや。何かの間違いだってみんなで言ったんですが、よくよく聞いてみたら、のっぴきならねえことになっていたのでござんすよ」

権八は、文左衛門が与力の妻と浮気をしていたところを夫に見つかり、逃れるために夫婦を斬り殺して、酒に酔って寝ていたところを捕らえられたという。

「その場に寝ていたのか」

「らしいです」

左近は眉《まゆ》をひそめた。

「妙だな。文左衛門殿が、そのようなことをするとは思えぬ」

すると、お琴が口を挟んだ。

「お優しい文左衛門さんが、そんなむごい仕打ちをされるなんて、とても信じられません」

左近はうなずき、

「すまぬが、出かけるのはまたにしよう」

お琴は、はいと応《こた》え、静の身を案じた。

気になった左近は、権八と共に甚兵衛長屋に急いだ。

蔵前を駆け抜け、浅草御門を潜《くぐ》って甚兵衛長屋に駆け込む。路地には長屋の住人が集まっていた。

路地を歩んでいると、部屋から町方同心《まちかたどうしん》と御用聞《ごようき》きが出てきた。静に文左衛門が捕らえられたことを知らせに来て、日々の暮らしぶりを調べたに違いない。

路地に立って様子をうかがっている左近を見た同心が、探るような顔をしたが、すぐに前を向き、忙しそうに帰っていった。

格子戸《こうしど》から部屋の中をのぞいていた住人たちから声があがったのは、その時だ。

「お静さん、だめだ」

「やめて！」

男女の悲鳴に、左近は咄嗟《とっさ》に走り、住人をかき分けて前に出た。

文左衛門の部屋の戸は閉《た》てられ、心張《しんば》り棒《ぼう》がかけられているので、住人の男が必死に開けようと焦《あせ》っていた。

左近が男をどかせる。

息を合わせた権八が体当たりして、戸を破った。

座敷では、絶望の淵《ふち》に突き落とされた静が懐刀《ふところがたな》を抜き、悲痛な面持《おもも》ちで切っ先を喉《のど》に向けている。

喉を突こうとしたところへ、左近が投げた扇子《せんす》が頬《ほお》に当たり、驚いて怯《ひる》んだ。

その隙《すき》に左近が駆け上がり、か細い手首をつかむ。

「早まってはならぬ」

「新見様、お手をお放しください。どうか」

左近は静の手から懐刀を奪い取って言う。

「文左衛門殿を信じられぬのか」

同心に、よほど辛《つら》いことを言われたのだろう。静の目から涙がこぼれた。

「信じとうございます。でも……」

権八が口を挟んだ。

「旦那がおっしゃるとおりだ。お静さん、こいつはきっと、何かの間違いだ。文左の旦那が悪事を働くわけはねえ。きっと左近の旦那が、文左の旦那を助けてくださるから、安心して待っていなよ。ねえ、左近の旦那、そうでしょ」

左近は静に、文左衛門は夕べ家にいたのか訊いた。

すると静が、戸惑いがちの顔をした。

「いなかったのかい」

権八が訊くと、静はうなずく。

「朝仕事に出たきり帰ってこないので、夜も寝ないで心配していたのです。そうしましたら、先ほど北町奉行所のお役人が来られて……。主人は、罪を認めたそうです」

権八が驚いた。

「そんな馬鹿なことがあるもんか。文左の旦那が、お静さんを裏切るわけはねぇ！」

左近が静に訊く。

「どうなのだ、お静殿。文左衛門殿は、夜に家を空けることがあったのか」

静は首を横に振る。

「怪《あや》しいと思ったことはないか」

「ただの一度も」

左近は権八のほうを向いた。

「権八殿、文左衛門殿は、これまで黙って仕事を休むことがあったか」

「ご一緒させてもらって一年になりやすが、一日もありやせんや」

戸口にいた住人たちから声があがった。

「こいつは何かの間違いだ」

「そうだ、濡《ぬ》れ衣《ぎぬ》に決まってる」

住人たちから励《はげ》ましの声をかけられた静は、涙を流して頭を下げた。

左近が言う。

「皆の言うとおりだ。早まったことをせず、信じて待っていなさい」

「主人は、戻ってこられるのでしょうか」

「罪を犯《おか》していないのなら、必ず帰ってくる」

左近は自分にまかせてくれと言い、外へ出た。詳しいことを調べるために帰ろうとしたのだが、ふと、住人の中にある視線に気づいて目を向けた。

目をそらした男が左近に頭を下げて、路地から逃げるように出ていく。

その後ろ姿は店の手代風だったので、左近はこの時、怪しまずに帰った。

お琴に事情を教えた左近は、煮売り屋に行き、小五郎とかえでに調べさせた。

すぐに出かけた二人が戻ったのは、夕暮れ時だった。

北町奉行所に探りを入れた小五郎から、文左衛門が捕らえられた時の詳しい報告を受けた左近は、何者かの罠《わな》に嵌《は》められたのではないかと疑ったのだが、残念ながら、無実の証《あかし》を立てるのは難しかった。

殺されたのが与力というのもそうだが、大勢の北町奉行所の役人が、骸《むくろ》の前で酔い潰れて眠る文左衛門の姿を見ていることが、無実を証明する妨《さまた》げになっているのだ。

共に聞いていたお琴が、悲しそうな顔をしている。

文左衛門が妻を裏切り、人を殺《あや》めるだろうか。

左近は嘆息《たんそく》した。

「どうにもならぬのか」

小五郎が険しい顔でうなずく。

「殺された堂前という与力は、妾《めかけ》を囲っていたらしく、奥方が間男《まおとこ》をしたのは、その腹いせではないかともっぱらの噂《うわさ》です。奥方は美しいとの評判で、文左衛門殿は、誘われて魔が差したところを運悪く見つかり、あのようなことになったのではないかと同情する声もあります」

「して、文左衛門殿は、今どうなっている」

「牢屋敷に入れられております」

このままでは、文左衛門は処刑される。

残される静のことを思うと、左近は辛くなり、目を閉じた。

「二人ともご苦労だった。念のため、文左衛門殿の昨日の足取りを調べてくれ」

「はは」

小五郎とかえでは、左近とお琴に頭を下げて店に帰った。

お琴が悲痛な顔で訊く。

「このまま、罰せられることになるのでしょうか」

小五郎から話を聞きながら手立てを考えていた左近だが、今のままではどうすることもできない。

「望みがあるとすれば、文左衛門殿の足取りだ。与力の奥方に誘われてついていったとは、どうしても思えぬ」

「わたしもそう思います。文左衛門さんは、浮気をされるような人ではございませんもの」

「うむ」

左近は、小五郎とかえでが何かをつかんでくれると信じて待つしかないと言い、それまではお琴の店にとどまることにした。

だが、二日が過ぎても何もつかめず、三日後には、憂《うれ》えていたことが現実となった。

文左衛門の打ち首が決まったという知らせが、左近のもとにもたらされたのだ。

二

打ち首が決まったことは、静の耳にも入っていた。

左近から信じて待てと言われて、そのとおりにしていた静の希望は、町役人《ちようやくにん》を務める家主からの知らせで断《た》ち切られたのだ。

優しかった家主であるが、今朝は罪人の妻に向ける目つきに変わっており、言葉尻にも棘《とげ》があった。

「この甚兵衛長屋はね、建てて三十年になる古い長屋だが、こんなことは初めてだ。困ったことになってしまったよ。言っときますがね、こないだのようなことはしないでおくれよ。自害なんてされたら、あたしゃ踏んだり蹴ったりだ。早いうちに出ていっておくれ」

静は涙ながらに頭を下げて詫《わ》び、家主が帰っても畳に頭をつけたまま動くことができず、悲しみに打ちひしがれた。

国を出奔《しゅっぽん》し、共に苦労してきた文左衛門が裏切るはずはない。

そう信じている静は、無実の罪を着せられて死罪にされようとしている文左衛門を助けられない己の無力さを呪《のろ》った。打ち首となれば、骸《むくろ》を引き取って弔《とむら》うことも許されない。ならば、文左衛門が首を刎《は》ねられる日に、自分も命を絶《た》ち、共に地獄へ落ちよう。

夫の無実を信じる静は、そうこころに決めて顔を上げた。

長屋を明け渡すために片づけをはじめた静は、文左衛門の刀を取り出し、恐る恐る鯉口《こいぐち》を切った。

手入れをしているのを見たことはないが、鞘《さや》からわずかにのぞく刀身は錆《さび》ひとつなく、ぎらりとした輝きを保っている。

売れる物はすべて売り、得た金は兄夫婦が眠る長慶寺に寄進《きしん》して、自分たち夫婦の供養《くよう》をしてもらおう。

刀を鞘に納《おさ》めて売りに行こうとした時、戸口に人影が立った。

「お静さん、いなさるかい」

田村屋長七の声だ。

噂を聞いて来たに違いないと思った静は、居留守を使うために息を潜《ひそ》めたのだが、長七は戸を勝手に開けた。

静が刀を抱いているのを見た長七が、目を見張る。

「や、お静さん、何をする気だい」

自害するとでも思ったのだろう。慌《あわ》てて入り、止めようとする。

「早まってはいけない。さ、刀を渡して」

静は刀を抱き、涙ながらに訴える。

「どうかもう、そっとしておいてください。どなたにもご迷惑はおかけしませんから」

「お待ちなさい。今日はね、文左衛門さんを助けるために来たんだ。あきらめるのはまだ早いよ」

そう言われて、静は藁《わら》にもすがる思いで長七に訊く。

「主人を、文左衛門を助けられるのですか」

「ああ、助けられるとも。刀を置いて、話を聞いておくれ」

静は、長七の言うとおりに刀を押し入れに納めた。

「どうぞ、お上がりください」

部屋の中に促《うなが》すと、長七は草履《ぞうり》を脱いで上がり、静に向かって正座して言う。

「いやあ、文左衛門さんのことを聞いて、正直驚いたよ。まさか、人もうらやむ女房がありながら、浮気をしていなさったとはね」

「わたくしは信じておりません。主人は、無実の罪を着せられているのです」

「そうかもしれないが、奉行所が決めたことは、容易《たやす》く覆《くつがえ》りはしないよ」

言われなくてもわかっている。だから、あとを追おうと決めたのだ。

長七が顔色をうかがうように見つめてくるので、静は胸の内を読まれまいとして顔をうつむけた。

「ひとつだけ、文左衛門さんを助ける道があるのだがね」

思わぬ言葉に、静が顔を上げる。

「ほんとうですか」

「こんな時に、嘘《うそ》なんて言うものか」

笑みを浮かべる長七に、静は頭を下げて頼んだ。

「主人が助かるなら、なんでもします。お教えください」

「ほんとうに、なんでもするのかい」

「はい」

死ぬ覚悟を決めていた静は、愛する文左衛門を助けられるなら、己がどうなろうと構わなかった。

長七は、平身低頭《へいしんていとう》する静のうなじを見て、ごくりと唾《つば》を呑《の》んだ。

「文左衛門さんを助ける手立てというのは、例の側室の話だ。高坂河内守様は、北町奉行に顔が利くお方だ。お静さんがお屋敷に入ってくれるなら、文左衛門さんの罪一等を減じさせてもよいとおっしゃっているのだが、どうかね」

「では、主人は生きられるのですか」

「生きられるとも。悪くても島送りだ。何年か辛抱《しんぼう》すれば、帰ってこられるよ」

文左衛門が無実ならば、島送りにされては自ら命を絶つだろう。

そう思った静は、長七に頼んだ。

「主人は無実です。なんとか放免にしていただけないでしょうか」

「放免……」

「放免にしていただけるなら、どこにでもまいります」

静の熱意に押されて、長七はうなずいた。

「高坂様にはそのように伝えますが、ほんとうに側室に入っていただけるのですね」

「はい」

「わかりました。では、これから高坂様にお伝えして、明日にでも迎えに来ます。この部屋を片づける必要はありませんよ。あとはこの長七に万事おまかせください。そのかわりお静さんは、湯屋《ゆや》にでも行って、身ぎれいにしておいてください。これは、支度金です」

長七は二十両の大金を置いた。

「では、また明日」

帰る長七を見送りに立とうとした静は、長屋の連中が戸口の穴からのぞいているのに気づいて、息を呑んだ。

「いいから、そのままそのまま」

上機嫌で言う長七が戸を開けると、外にいた者たちがさっと引けていく。

長屋の者たちは話を聞いていたのだろう。あとから静が外に出ると、皆心配そうな顔で見ているが、気を使っているらしく、声をかける者はいなかった。

文左衛門を助けられるなら、自分はどうなってもいい。

静は強い決意をもって、迎えを待つための支度をはじめた。

身の回りの物の整理をはじめた静は、神棚《かみだな》に祀《まつ》っているお札に目がとまり、手に取った。子宝に恵まれるようにと、兄が渡してくれた孕石《はらみいし》神社のお札だ。

子宝に恵まれる日を二人で夢見ていたことを思い出し、涙が止まらなくなる。

もう二度と、一緒に笑うこともできないのかと思うと悲しくなり、お札を破ってしまおうと手をかけたのだが、兄の笑顔が脳裏《のうり》に浮かび、どうしてもできなかった。

お札を屋敷に持っていき、文左衛門の無事を祈ろう。

そう思った静は、手箱の中に納めた。

湯屋に行ったあと、身なりを整えた静は、夜になって長屋に帰り、文左衛門の刀を持って隣の部屋を訪ねた。

静より十歳上のおたみは、戸を開けるなり顔をくしゃくしゃにして涙を流した。

「旦那のためとはいえ、どうしてお武家の側室になんかなるんだよう」

「無実の文左衛門を、死なせたくないのです」

静は涙ながらに言い、おたみに大小を差し出した。

「文左衛門が戻りましたら、渡してください。これは迷惑料です」

長七から渡された二十両を差し出し、頭を下げて頼んだ。

おたみは大金に驚いた。

「こんなお宝、見たこともないよ。うちの亭主に知れたら働かなくなるから、受け取れないよ」

　そう言って返そうとしたのだが、静は押し返した。

「どうか、受け取ってください」

　おたみは戸惑ったが、申しわけなさそうに受け取った。

「文左衛門さんのことは、まかせておくれ」

　静の心中を察して引き受けたものの、手紙も残さぬことに、おたみが怪訝《けげん》そうな顔をした。

「何か、伝えることはないのかい」

「わたしは幸せになりますから、どうか忘れてほしいとお伝えください。主人のために側室に入ることは、ご内密に願います」

「ほんとうに、それでいいんだね」

「はい」

　静が頭を下げると、おたみは黙っていることを約束してくれた。

　こうして、何も知らぬ静は、翌朝迎えに来た駕籠《かご》に乗り、浜町河岸《はまちようがし》にある高坂家の屋敷に入ってしまったのだ。

その夜、上機嫌で寝所に入った高坂は、長屋から来たままの姿で正座している静を見て、控えている侍女《じじょ》にいぶかしげな顔を向けた。

「どういうことだ」

侍女が頭を下げて答える。

「お召し替えをすすめたのでございますが、殿とお話をするまではとおっしゃり、頑《かたく》なに拒《こば》まれます」

「わしと話じゃと。もうよい、下がれ」

侍女は不機嫌なあるじに頭を下げ、逃げるように去った。

次の間から寝所に上がった高坂が、両手をついて頭を下げている静に歩み寄る。

「静、よう来た。わしは、この日を心待ちにしておったぞ。ささ、手を上げて顔を見せてくれ」

静が顔を上げた。

その美しさに目を細めた高坂が、手を取って引き寄せようとしたのだが、静は拒んだ。

「いかがいたしたのだ」

静は毅然《きぜん》とした表情を向けて言う。

「文左衛門がご赦免《しゃめん》になるまでは、夜伽《よとぎ》はご容赦《ようしゃ》ください」

高坂は怒らず、穏やかに問う。

「わしを、信じられぬか」

「どうか、お許しを」

頑なに拒む静に、高坂は立ち上がった。

「わかった。わしはそなたとは仲ようしたい。文左衛門のことはまかせておけ。安心してゆっくり休むがよい」

そう言って寝所を出たので、高坂のほんとうの顔を知らぬ静は、安堵《あんど》の息を吐き、独りで一夜を過ごした。

三

高坂が文左衛門の放免に動くわけもなく、三日が過ぎた。

小伝馬町の牢屋敷に投獄されている文左衛門は、二日後の打ち首が決まった。

無実を訴えても聞き入れられぬ文左衛門は、牢の片隅にうずくまり、酒に誘った田村屋長七を恨《うら》んでいた。

どう考えても、酒を飲んでいた時に気を失ったとしか思えぬ文左衛門は、長七が罠に嵌めたと気づいたのだ。

「このまま殺されてなるものか」

愛する静のためにも、罪人にされたまま死ぬわけにはいかない。

文左衛門は、町奉行所が聞く耳を持たぬなら、自分の手で与力夫妻を殺した下手人《げしゅにん》を捕まえるしかないと決意した。

殺される前に、牢を出なければ。

そう考えている時、牢内でちょっとした騒ぎが起きた。

隣の牢に入れられていた囚人《しゅうじん》の中に、急病人が出たのだ。

夜中に腹痛を訴えた男は牢の外に出され、その場で薬師《くすし》が手当てをした。そのあいだ、牢役人は警戒をしていたのだが、人数も少なく、案外手薄だ。

そのことに気づいた文左衛門は、昼間のうちに考えをまとめた。そして夜が更《ふ》けるのを待って、呻《うめ》き声をあげた。

同じ牢内にいる者たちが目をさまして、

「おい、どうした」

と、気遣《きづか》ってくれる。

文左衛門は腹の痛みを訴え、もがき苦しんだ。

そのただならぬ様子にぎょっとした囚人が、格子に顔を寄せて叫ぶ。

「おーい！　病人だ！　おーい、誰か！」

声に応じて、寄り棒を持った番人が二人現れ、ちょうちんをかざす。

牢の中で呻きながら転げ回る文左衛門を見て、番人が冷めた口調で言う。

「そいつは二日後に打ち首だ。医者に診《み》せるまでもなかろう」

眠そうにあくびをして去ったので、囚人が舌打ちをした。

「無慈悲《むじひ》な野郎だ」

「ああ、うるせぇ。おい、静かにさせろ！」

牢名主《ろうなぬし》が言うと、数人の囚人が顔を見合わせ、うなずき合った。

「このままだと狂い死にだ。おれたちが楽にしてやるか」

「おめぇ、足を押さえろ。おめぇは手だ」

と示し合わせて近づき、一人が文左衛門の腕をつかんだ。

殺すつもりなのだとわかった文左衛門は、その者の腕をつかみ返し、嚙《か》みついた。

「うっ、ぎゃあああっ！」

肉を嚙みちぎらんばかりに力を込めたので、囚人が悲鳴をあげた。

飛びかかった別の囚人を突き飛ばした文左衛門が、牢名主に訴えた。

「腹が痛い、助けてくれ。どうにかしてくれ」

尋常でない様子に、牢名主は大声で番人を呼んだ。

「旦那、見てのとおりだ。暴れてどうにもならねぇから、診てやっておくんなさい」

「よ、よし、待っていろ」

番人は牢名主に言われて、ようやく医者を呼びに走った。

程なく、牢屋敷で宿直《とのい》をしている若い医者が来て、文左衛門は外に連れ出された。

石床に敷かれた筵《むしろ》に寝かされた文左衛門は、暴れないよう番人に手足を押さえられ、医者が腹を診た。

下腹を押さえ、痛いか訊いてくるので、文左衛門は適当なところで痛みを訴えた。

様子を診た医者が、険しい顔をする。

「はらわたがよじれているのかもしれぬ」

とりあえず薬を飲ませてやろうと言い、薬箱に手を伸ばした。

文左衛門は、半ば気を失ったように静かになる。そのあいだも、逃げる隙をうかがっていた。

寄り棒を床に置いて手足を押さえる番人が二人に、脇差のみを腰に帯《お》びた牢屋《ろうや》同心《どうしん》が一人。

薬を出した医者が、

「薬だ。起きられるか」

と声をかけたので、文左衛門はうなずいた。

番人が助け起こした刹那《せつな》、文左衛門が立ち上がる。

突然の行動に皆は驚き、動きが止まった。

文左衛門は、目の前にいる番人の腹に拳《こぶし》を突き入れて倒した。

ぎょっとして、慌てて刀を抜こうとした役人の手首を押さえて止め、喉を親指で突いた。急所を突かれた役人は声を出すことができなくなり、倒れてもがき苦しんだ。

番人と医者が逃げようとしたので、文左衛門は寄り棒を持ち、二人の頭を打って気絶させた。

あっという間の出来事に、囚人たちは声を失っている。

死罪が決まっている者が出してくれと言ってきたが、文左衛門は見向きもせず、役人の羽織《はおり》と刀を奪って逃げた。

外は静かだった。夜中で人が少ないせいか、気づいた者はまだいないようだ。

牢の囚人たちは、文左衛門が一人で逃げたのが気に入らないのか、大きな声で騒ぎはじめた。

それに気づいた者が番所から出て、人を集めて牢屋に向かう。

文左衛門は暗闇に潜んでやりすごし、裏へ回った。

「誰だ！」

二人の門番が駆け寄ったが、薄暗い明かりの中で羽織を着ている姿を見て同心だと思ったらしく、慌てて頭を下げた。

文左衛門は物も言わずに歩み寄り、一人を峰打《みねう》ちに倒した。

頭を上げたもう一人の喉元に、刀の切っ先を突きつける。

「うっ」

「声を出せば命はない。門を開けろ」

「そそ、そんなことをしたら死罪になる」

「ならば、ここで死ぬか」

切っ先を近づけると、

「まま、待ってくれ。命ばかりは」

門番は怯《おび》えきった声で言い、戸にかけられている鍵を開けた。

背後にいた文左衛門は、刀の柄《つか》で門番の後ろ頭を打って気絶させ、夜の市中へと出て、闇の中を走って逃げた。

牢屋敷が騒がしくなり、ちょうちんを持った追っ手が門から出てきた。

今捕まれば、二度と生きて静と会えないと思った文左衛門は、自分がどこを走っているのかまったくわからなかったが、夜が明ける前に少しでも離れようと、無我夢中で町中を走り抜けた。

四

「旦那、てぇへんだ！」

権八がお琴の家の裏庭に駆け込んだのは、朝のことだ。

普請場に出かけたはずの権八が戻ってきたので、左近に茶を持ってきていたおよねが、いぶかしげな顔を向けて言う。

「お前さん、どうしたんだい」

「どうもこうもねぇ。文左の旦那が牢から逃げなすった。町は大騒ぎだ」

「ええっ！」

およねは驚き、折敷《おしき》に載せていた湯呑《ゆの》みを倒した。茶がこぼれるのにも構わず、濡《ぬ》れ縁《えん》の前に来た権八につかみかかる。

「ほんとうかい、お前さん」

「間違いねえ。神田から不忍池《しのばずのいけ》あたりにかけて、役人がうじゃうじゃ走り回っている。自身番《じしんばん》にはよ、文左の旦那の人相書きまで出ているぜ。人斬りの極悪人だとよ。へん、笑わせやがる」

およねから目を転じた権八が、泣きっ面で言う。

「左近の旦那、文左の旦那は、無実の罪を晴らすために逃げなすったにちげぇねえ。なんとかなりやせんか」

「捕まれば間違いなく、即刻首を刎ねられる。静殿が匿《かくま》っていれば、共に死罪だ」

「そいつはいけねえ」

「行くぞ」

静の身に起きたことをまだ知らない左近は、権八と共に甚兵衛長屋に走った。

到着してみれば、すでに役人の手が回っており、長屋の周辺は隠密《おんみつ》と思われる者の目が光っていた。

　その者たちの気配を感じながら、権八と長屋の路地に入った左近は、静の部屋の戸をたたいた。

　返事はなく、隣の戸が開き、おたみが顔を出した。

　権八が知り合いの者だと言い、静は留守かと訊いた。

　するとおたみは、迷惑そうな顔をして答える。

「さっきもお役人に言いましたけど、お静さんはもういませんよ。旦那の打ち首が決まってすぐに、田村屋さんの口利きでお武家の側室に入られましたから」

　驚いた権八が、

「そ、そんな馬鹿なことがあるもんか。あのお静さんが、文左の旦那を裏切るわけねえだろ！」

　声を荒らげるので、おたみはむきになって言い返した。

「何も知らないくせに大声出さないでおくれよ。お静さんはね、側室に入れば旦那をご赦免にしてやると言われて側室になったんだ。女房の気も知らないで勝手に逃げるなんて、旦那も馬鹿なことをしたもんだよ。お静さんが可哀そうで、今朝から涙が止まらないよ」

目を赤くしているおたみに、左近は静が側室に入った武家の名を訊いた。

おたみは答えようとしたのだが、左近の背後を気にして、急に口を閉じた。

「おい、そこの者、ちと訊きたいことがある」

声をかけられた左近が振り向くと、朱房《しゅぶさ》の十手《じって》を持った町方がいた。

その者をどかせて前に出た男が、左近に鋭い目を向けて言う。

「北町奉行所与力の佐久間だ。貴殿の名は」

問われた左近は、

「新見左近だ」

佐久間の厳しい態度に動じることなく答えた。

供をしている同心二人が、左近の両脇を固めるようにして立った。

佐久間が左近に問う。

「おぬし、ここで何をしておる」

「坂手殿が逃げたと聞き、もしやと思い来てみたまで。その様子では、まだ見つかっておらぬようだな」

「坂手と親しいようだが、他に行きそうなところを知っておるなら正直に教えろ。隠し立てするとためにならぬことは、先に言うておく」

佐久間の偉そうな態度に権八が袖《そで》をまくったので、左近が止めた。そして佐久間に言う。

「ここしか思い当たらぬので真っ先に来たまで。ご妻女を案じていたが、聞けば武家に入られたようなので、引きあげようと思うていた。もしも文左衛門を見かけた時は、罪を重ねさせぬようにいたそう」

「さようか。そうしてくれると我らも助かる。よろしく頼む」

左近はうなずき、権八を連れて長屋をあとにした。

すぐに追っ手がついたことに気づいた左近は、権八に後ろを見るなとささやき、人通りの多い道に入った。

花川戸町には帰らず町中を歩き回り、ふと脇道に入った左近と権八は、身を隠す場所を見つけて潜み、追っ手をかわした。

追ってきた同心は、しまったと悔しがりながら走り去っていく。

「旦那、これからどうします」

権八が訊くので、左近は厳しい顔で答えた。

「文左衛門は牢から逃げた大罪人だ。助けを求められても、決して匿うなよ。お上に知れたら死罪だ。わかるな」

「わかってますともよ」

悲しそうに言う権八は、身を隠している路地の板塀をたたいた。

左近は言う。

「お琴にも、そう伝えてくれ」

「旦那は、これからどうされるので？」

「神田から不忍池にかけて役人が多いと申したな」

「へい、言いやした」

「文左衛門は、方角を間違えてそちらに逃げたのかもしれぬので、捜してみる」

「見つかったら、どうします」

左近はそれには答えず、大通りに歩み出た。

「町方に気をつけて帰れ」

そう言って権八と別れた左近は、牢屋敷に向かった。

甚兵衛長屋と牢屋敷はさほど離れていないが、昨夜は月も星もない暗い夜だったので、牢屋敷から逃げた文左衛門は方角を誤り、神田に向かったのだろうか。

それとも、家に帰ればすぐに捕まると思い、反対方向に走ったのか。

だとすると、どこに潜むだろうか。

牢屋敷に着いた左近は、文左衛門になったつもりで考えつつ、神田の方角へ歩んだ。

人斬りの咎人《とがにん》が逃げたことで、周囲の商家は店の戸を閉めて息を潜め、町は閑散《かんさん》としていた。道では役人が走り回り、着流し姿の左近に厳しい目を向けてくる。

自身番や橋の袂《たもと》には、文左衛門の人相書きが貼られた高札《こうさつ》が立てられている。

与力殺しの極悪人にされた文左衛門は、容易く江戸から逃げることはできないだろう。

役人に見つかれば、斬り合いになるかもしれぬ。

文左衛門に罪を重ねさせぬためにも、先に見つけなければと思った左近は、役人が走っていくあとに続き、神田川のほうへ足を向けた。

寒空に呼子《よびこ》の音が響いたのは、神田川に架かる橋を渡っていた時だ。

「どけ、どけ！」

対岸の道で怒鳴りながら、捕り方を引き連れた同心が走っていく。

橋を渡った左近は、捕り方たちを追って不忍池に向かった。

湯島天神下《ゆしまてんじんした》の下谷茅町《したやかやちょう》にある寺の門前で、複数の捕り方が倒れていた。腕や肩を押さえて苦しんでいるところを見ると、峰打ちにされたようだ。その者たちは、あとから来た同心たちに谷中《やなか》の方角を示して、咎人が逃げたと伝えている。

同心が捕り方を連れていく。

左近は、その者たちを追った。

また呼子の音が響いた気がしたが、すぐに消え、前を行く捕り方が、倒れた仲間をふたたび見つけた。


文左衛門は潜んでいた寺で見つかり、騒ぎとなったので外に出たところを探索していた役人たちと鉢合《はちあ》わせになり、峰打ちに倒しながら逃げていた。

これまで十人以上を倒している文左衛門は、追われるままに北へ北へと逃げ、気づけば下駒込村《しもこまごめむら》まで来ていた。

大名屋敷に挟まれた道を駆け抜けた先にあった林に分け入り、道なき道を進んだ文左衛門は、牢役人の羽織を脱ぎ捨てた。息を上げつつ、汗みずくで必死に逃げるうちに、社《やしろ》の裏に出た。杉の大木の根元に潜んで様子をうかがうと、境内《けいだい》に人気《ひとけ》はなく、ひっそりとしていた。

喉が渇いていた文左衛門は、水を求めて境内を歩み、手水場《ちょうずば》を探した。

水が溜《た》めてある石桶《いしおけ》を見つけて歩み寄り、顔を突っ込むようにして飲んでいると、背後で大声があがった。

「いたぞ！」

はっとして振り返ると、鳥居を潜った役人十数名が駆け寄り、囲まれた。

うまく逃げ切ったつもりだったが、別の隊が林に分け入る文左衛門を見て、先回りをしていたのだ。

「待ってくれ、見逃してくれ。わたしは無実なのだ」

「黙れ！　おとなしくお縄につけ！」

「ほんとうだ。嘘ではない。下手人に心当たりがある。必ず捕まえて戻るから、見逃してくれ！」

「黙れと言うておる！　それ、引っ捕らえい！」

同心が命じるや、突棒《つくぼう》や刺股《さすまた》を持った役人たちが襲いかかった。

文左衛門は突棒の釘に手を傷つけながら素手でつかみ、刀を振るって柄《え》を切断する。

「おおっ！」

怯む役人に向かって気合を吐き、押しに押して尻餅《しりもち》をつかせ、刺股を繰り出してきた役人をかわすと、峰打ちに倒した。

同心と対峙《たいじ》した文左衛門が、凄《すさ》まじい形相《ぎょうそう》で刀を峰から刃《やいば》に転じて言い放つ。

「聞いてくれぬなら是非もなし。斬り抜けるまでだ」

三年前に人を斬ったことがある文左衛門の気迫は、若い同心を恐れさせた。

「おっ、おのれ」

同心は口では強がったが、腰が引けている。

「おおうっ！」

文左衛門が刀を振り上げると、

「ひいいっ！」

同心は悲鳴をあげて尻餅をつき、足をばたつかせて下がった。

両脇にいる役人どもに刀を振るって下がらせた文左衛門は、同心に向かって走った。

斬られる恐怖で頭を抱える同心の頭上を跳び越え、境内の出口に走る。

役人たちは呼子を吹いたが、指揮官の同心が腰を抜かしているためか、本気で追おうとはしない。

一の鳥居から道に駆け出た文左衛門は、さらに北へ走った。

「文左衛門殿！」

背後からした聞き覚えのある声に足を止め振り向くと、目を大きく見開いた。

「新見殿……」

左近は駆け寄ろうとしたのだが、文左衛門は悲しそうな顔をして逃げ出した。

「待たれよ」

左近は逃げる文左衛門を追った。

文左衛門の足は速い。

このままでは追いつけそうになかったが、文左衛門は疲れているらしく、次第に足が遅くなりあいだが詰まった。

「待て、文左衛門」

聞く耳を持たぬ文左衛門は、荒れ寺に逃げ込んだ。

追って山門《さんもん》を入った左近の目の前に、こちらを向いて立つ文左衛門がいた。

「邪魔をする奴は許さん」

叫ぶなり、斬りかかってきた。

左近は安綱《やすつな》を抜いて、文左衛門の刀を弾《はじ》き上げた。

葵一刀流《あおいいっとうりゅう》の剛剣により、文左衛門の手から刀が飛ばされた。

目を見張った文左衛門が二、三歩下がり、地べたに両手をついて頼む。

「新見殿、頼む、見逃してくれ。わたしは捕まるわけにはいかんのだ。無実なのだ！」

左近は安綱を鞘に納めた。

「何があったのか聞かせてくれぬか。力になる」

「ま、まことでござるか。捕らえに来たのではないのか」

どうやら文左衛門は、左近が役人のあとに現れたので、勘違いをしていたようだ。

「ほんとうに、与力を斬っておらぬのだな」

左近が念を押すと、文左衛門は曇りのない目でうなずいた。

左近が言う。

「ここでは見つかる。共にまいろう」

「いや、それはだめだ。見つかれば新見殿も死罪になる」

「案ずるな」

左近は先に立ち、文左衛門を誘った。

今いる場所は、根津の藩邸とは目と鼻の先だが、探索の手が伸びている中、四人の着物を着ている文左衛門を連れては歩けないので、近くの寺に行った。

左近は文左衛門と共に本堂を訪ねた。応対した住職に安綱の鯉口を切り、鎺《はばき》に刻《きざ》まれた葵《あおい》の御紋《ごもん》を見せた。

目を見張った住職が頭を下げる。

「失礼ながら、お名前を」

住職が訊くので、左近は答えた。

「甲府の綱豊だ」

すると住職が、さらに頭を下げた。

「ははあ。甲州《こうしゅう》様とは存じませず、失礼つかまつりました」

文左衛門は愕然《がくぜん》とした。

「こ、甲州様とは、まさかあの、徳川綱豊様でございますか」

左近は笑みで顎《あご》を引く。

「このことは権八たちは知らぬことゆえ、くれぐれも内密に頼む」

文左衛門は慌てて本堂から駆け下り、地べたに這《は》いつくばった。

「文左衛門殿、よしてくれ。今は浪人の新見左近だ」

「ははあ」

文左衛門は顔を上げた。

左近がうなずき、住職に告げる。

「しばらく休ませてもらうぞ。藩邸に使いを頼みたい。筆と紙を所望《しよもう》いたす」

「はは、ただ今お持ちいたしますので、どうぞこちらへ」

本堂に招かれた左近は、側近の間部《まなべ》詮房《あきふさ》に宛《あ》てて筆を走らせると、住職から使いを命じられた修行僧に託した。

使いの者が寺を出て半刻《はんとき》（約一時間）もしないうちに、無紋《むもん》の駕籠を用意した間部がやってきた。

本堂の下に駕籠をつけた間部は、左近がいる本堂に駆け上がり、閉められた障子の前で片膝《かたひざ》をついて口を開く。

「殿、お迎えにまいりました」

「うむ、入れ」

「はは」

障子を開けた間部は、囚人姿の文左衛門に鋭い目を向け、左近に言う。

「殿、牢を破った者を匿えば、親藩《しんぱん》とてただではすみませぬ」

「堅いことを言わず、これへまいれ」

待っていた左近は、共に文左衛門の話を聞くよう命じた。

間部が応じて本堂に上がり、下座に着く。

左近は住職にも同席を求め、本尊《ほんぞん》の前に座った。そして、本堂の入口に正座している文左衛門を近くに寄らせて、皆の前で訊いた。

「何があったのか、包み隠さず話してくれ」

「はは」

文左衛門は居住まいを正した。

あの日、普請場の帰りに田村屋長七に誘われ、屋根船で酒を飲んで眠ったのだが、目をさました時には見知らぬ家にいて、与力と妻女が斬り殺されていたこと。

そして、北町奉行所与力の佐久間哲守に捕らえられ、無実を訴えても聞き入れられぬまま、打ち首が決まったという。

左近は間部に訊く。

「どう思う」

「罠に嵌められたとしか思えませぬ。田村屋と与力の佐久間は、おそらく裏で繋《つな》がっているかと」

左近は、満足のゆく答えにうなずいた。

「では、文左衛門の無実が証《あか》されるまで、屋敷に匿おう」

間部は何か言いたそうな素振りを見せたが、思いとどまったように頭を下げた。

「言いたいことがあれば申せ」

「いえ、承知いたしました」

「文左衛門、まいろう」

左近が誘って立ち上がり、住職に顔を向ける。

「世話になった」

「ははあ」

本堂を出る左近を見送る住職の前に来た間部が、控えていた藩士に顔を向けて顎を引き、袱紗《ふくさ》を持ってこさせた。

藩士が住職に差し出すのを待ち、間部が言う。

「殿がご迷惑をおかけした。藩からのお布施《ふせ》として、お納めくだされ」

「これは……」

二百両という大金に、住職が目を見張った。

間部が厳しい顔で続ける。

「ここで見聞きしたことは、お忘れください。我が殿は、困っている者を見捨てることができぬお方ゆえ、今日のような無茶をなされる。くれぐれもご配慮を」

間部が頭を下げたので、住職は笑顔でうなずいた。

「甲州様のお噂は、拙僧の耳にも届いておりました。まこと、罪なき民の安寧《あんねい》を願うお姿は、眩《まぶ》しゅうございます」

手を合わせる住職に背を向けた間部は、本堂から出て左近のもとへ急ぎ、文左衛門を駕籠に隠して根津の藩邸へ帰った。

藩邸に戻った左近は、御殿の一室に文左衛門を留《と》め置き、無実が証明されるまで市中へ出ぬよう約束させた。

左近はこの時、静のことを文左衛門に伝えられなかった。己のために武家の側室に入ったと知れば、屋敷を飛び出して捜しに走ると思ったからだ。

頭を下げて感謝する文左衛門を残して部屋を出た左近は、間部を自室に呼び、打ち合わせをした。

田村屋長七と与力の佐久間を調べるのは当然命じたのだが、

「どうも、気になることがある」

と言い、静が文左衛門を助けるために、側室に入ったことを教えた。

間部がしばし考え、口を開いた。

「武家が関わっているとなると、狙いはご妻女でしょうか」

「そうであれば、あまりに浅はかだ。文左衛門の妻を側室に迎えたのが何者なのか、探ってくれ」

「かしこまりました」

間部は応じると、脇に置いていた書類を左近の前に置き、頭を下げて去った。

調べているあいだは外に出ず、溜まった書類に目を通しておけということだ。

厳しい間部に苦笑いで頬をかいた左近は、仕方なく書類を手に取った。

五

その日のうちに間部から知らせを受けた吉田小五郎は、配下の者を集めて、田村屋長七と佐久間の行動を探った。

丸二日のあいだは、両名とも怪しい動きはなかった。

北町奉行所では、忽然《こつぜん》と姿を消した文左衛門の探索は当然続けられており、騒動は幕閣の耳にも届いた。

老中の一人は、

「与力を殺したうえに牢を破った極悪人を囲んでおきながら、取り逃がすとは何ごとだ」

と激怒し、北町奉行を罵《ののし》った。

別の者は、

「石出帯刀《いしでたてわき》ともあろう者が、油断しおって」

世襲《せしゅう》で牢屋敷を預かる囚獄《しゅうごく》(牢屋奉行)のことを、当代は使えぬと言って馬鹿にした。

このことは柳沢の耳にも届いたが、将軍綱吉の耳に入れるほどのことではないと判断し、口も出さなかった。

毎朝登城している北町奉行は、老中たちから責められ、弁明に追われた。

己の首を案じ、追い詰められた北町奉行は、奉行所に戻るや与力と同心たちを集め、一刻も早く見つけ出せと声を荒らげた。

町に出た同心たちが、岡《おか》っ引《ぴ》きや下《した》っ引《ぴ》きに厳しく伝えたのは言うまでもなく、探索の手は、やがて江戸中に広がった。

これに喜んだのは、田村屋長七だ。

役人の目が文左衛門に注がれるほど賭場《とば》の取り締まりが手薄になり、毎夜毎夜、大儲《おおもう》けしていた。

さらに、

「文左衛門も、これでは迂闊《うかつ》に歩けまい」

罠に嵌めたことを恨み、店に踏み込んでくることを恐れていた長七は、胸をなでおろした。

そばにいる番頭の喜助に言う。

「そろそろ、高坂様にお礼の品を届けてもいいだろう。佐久間様のぶんも含めて、支度をしておくれ」

「はい」

笑みを浮かべて応じた喜助が、支度にかかった。

長七は、左近の手の者が目を光らせているとも知らずに、高坂の屋敷と佐久間の役宅に使いを走らせた。

翌日の夜、喜助を従えた長七は、用心棒の浪人を六人も引き連れて店を出ると、駕籠に乗って出かけた。

見張りをしていたかえでは、配下たちと手分けをして跡をつけ、行き先を突き止めた。

長七が高坂の屋敷に入ったのを見届けたかえでは、配下の者を小五郎に知らせに走らせ、一人で忍び込んだ。

音もなく屋根裏を進み、声がする部屋の上に潜んだかえでは、懐から取り出した竹筒《たけづつ》を天井に置き、耳を当てて会話を聞いた。

下では聞き耳に気づくことなく、悪党どもが顔を合わせている。

揉《も》み手《で》をしている長七が、下卑《げび》た笑みを浮かべた。

「高坂様、お静はいかがでございますか。お疲れのご様子ですが、毎晩楽しんでおられますので?」

「馬鹿な。まだ指一本触れておらぬ」

「それはまた、ずいぶん大事にされておりますね」

「わしは、いやがるおなごを無理やり抱くようなことはせぬ。文左衛門が赦免されるまで夜伽をせぬという静の気丈なさまは、まさに武家の女よ。ますます気に入った」

「そんなものなのですかね。わたしなどは欲のかたまりのような者でございますから、ひとつ屋根の下に好みの女がいましたらもう、無理やりにでも自分の物にいたします」

「ふん、悪い奴よのう」

「お褒《ほ》めいただき、嬉しゅうございます」

そこへ、佐久間が現れた。

疲れた顔でため息をつき、高坂の前に座って軽く頭を下げた。

「遅くなりました。文左衛門めのせいで、一日中駆けずり回されてくたくたです」

「まだ見つからぬのか」

「はい。手がかりひとつございません」

「早う見つけて打ち首にしてくれねば、静をわしの物にできぬではないか」

冗談めかして言う高坂に、皆は笑った。

佐久間が言う。

「今しらみ潰しに捜しておりますので、近いうちに見つかるでしょう」

「高坂様、文左衛門が逃げずに打ち首になった時は、静になんと伝えるつもりだったのです？」

脂《あぶら》ぎった顔で訊く長七に、高坂は鼻先で笑った。

「そのようなことは、どうとでもなる。力を尽くしたが、与力を殺しているのでどうにもならなかったとでも言えばよいと思うておった。まさか牢を破るとは考えもしなかったが、こうなってしまえば、むしろ好都合だ。牢破りは大罪。殺されても文句は言うまい」

「なるほど、それはようございますな」

佐久間が口を挟んだ。

「では、高坂様のためにも、文左衛門を捜し出して成敗せねばなりませぬな」

「一刻も早う頼むぞ、佐久間殿」

「おまかせを」

「わたしからもお頼みいたします。文左衛門が生きているうちは、枕を高くして寝られませんからな」

佐久間がじろりと睨《にら》む。

「そこよ、長七。文左衛門が生きておれば、わしも居心地が悪い。堂前殺しの罪を背負って、あの世へ行ってもらわねばな」

「はい」

文左衛門を罠に嵌めた長七と佐久間が、顔を見合わせてくつくつと笑う。

長七は膝を転じて、廊下に座っている喜助を手招きした。

応じた喜助が、脇に置いている手箱を重そうに持ち上げて長七の前に置き、高坂に頭を下げて廊下に戻った。

興味を持って手箱に目を向ける高坂に、長七が両手をつく。

「これは、お約束の物でございます。どうぞお納めください」

「うむ、抱え屋敷はどうじゃ」

「それはもう、申し分なく。たっぷりと儲けさせていただいております」

悪い笑みでうなずいた高坂が、下座に控えている用人《ようにん》に顔を向けた。

「宗重《むねしげ》」

「はは」

応じた宗重が立ち上がる。

気難しい気性が顔に表れている宗重は、長七や佐久間には目もくれずに手箱を持ち上げ、高坂の前に置いて蓋《ふた》を開けた。

長七が言う。

「五百両ほどございます」

「うむ、よい眺めじゃ」

高坂は手を伸ばして、三百両ほどを宗重に納めさせ、残りが入っている手箱を佐久間に渡した。

「これは、静を我が物にする知恵を出してくれた礼じゃ」

佐久間は恐縮した。

「堂前は、それがしにとって目障《めざわ》りな者ゆえあの世に行ってもらったのですから、気をお使いになられますな。礼金は、長七からもらっておりますので」

「よいではないか。わしの気持ちを受け取ってくれ」

一度は遠慮した佐久間であるが、二百両もの大金を差し出されて、舌なめずりをした。

「では、遠慮なく」

上機嫌で受け取り、長七に言う。

「奉行所は今、賭場の手入れどころではない。町方の賭場でも、しっかり稼いでくれ」

「はい。引き続き、佐久間様にはお世話になります」

悪だくみのいっさいを聞いたかえでは、竹筒から耳を離した。

静のことが気になり、天井裏を移動して捜そうとした時、下で声があがった。

「何奴だ！」

見つかったと思い、かえでは急いで逃げようとしたのだが、女の悲鳴に気づいて動きを止める。

誰かが立ち聞きをしていて、見つかったらしい。

騒がしさに乗じて天井板をはずし、下の様子をうかがう。すると、静が用人の宗重に捕まえられていた。

「静、話を聞いたのか」

詰め寄る高坂に、静が恨みを込めた目を向ける。

「よくも、我が夫を罠に……許しませぬ」

手を振り払おうとしたが、男の力に抗《あらが》えるはずもなく、腕を後ろにひねり上げられた。

痛みに顔を歪《ゆが》める静の前に歩み寄る高坂に、佐久間が言う。

「高坂様、聞かれたからには生かしておけませぬぞ」

「わかっておる！」

声を荒らげた高坂が、悔しげな息を吐いた。

「何も知らなければ、わしのもとでぬくぬくと生きられたものを」

あきらめきれぬ高坂が、静の頬をつかむ。

「このように美しいおなごには、めったに会えまい。殺すにはあまりに惜しい」

長七が歩み寄り、耳打ちする。

「ここはお屋敷内です。留め置いて外に一歩も出さなければよいではございませぬか。泣こうがわめこうが、高坂様の思いどおりにしておしまいなされ」

血走った目を長七に向けた高坂は、下卑た笑みを浮かべた。

「気は乗らぬが、こうなっては仕方がないのう」

高坂は静の懐刀を奪って捨てると、腕をつかんで言う。

「奥で契《ちぎ》りを交《か》わそうではないか。のう、静」

抗う静は頬をたたかれたが、怯まなかった。

「放しなさい！　けだもの！」

軽蔑《けいべつ》の眼差しで叫ぶ静に、高坂が激昂《げきこう》した。

「おのれ、生意気な！」

怒鳴って庭に突き落とした高坂が、部屋に置いている刀をつかんで戻ると、抜《ばっ》刀《とう》した。

毅然としている静に、高坂が切っ先を向ける。

「我が物にならぬなら、殺すまでじゃ。いずれ文左衛門も送ってやるゆえ、地獄で待っているがいい」

覚悟せい！　と叫んで刀を振り上げた高坂の手首に、手裏剣が突き刺さった。

「うっ！」

激痛に顔を歪める高坂に驚いた宗重が、

「曲者《くせもの》じゃ！」

屋敷中に響く大音声《だいおんじよう》で叫び、抜刀して庭に跳び下りる。

暗闇から走り出たかえでが静をつかんで引き寄せ、悪人どもから逃げようとしたのだが、長七の用心棒どもに行く手を塞《ふさ》がれた。

屋敷の奥からは高坂の家来たちが現れ、庭にいるかえでを見て一斉に抜刀した。

静を背にしてかばいながら退路を探っているかえでは、町娘によく見る着物姿をしているが、刀を構えて割れた裾《すそ》からは、黒の忍《しの》び袴《ばかま》がのぞいている。

かえでの身なりを見た高坂が、怒りをぶつける。

「貴様、忍びだな。誰の差し金だ！」

鋭い目を向けたかえでが、忍び刀を逆手に持ち替え、一歩前に出る。

「我があるじは、徳川綱豊公だ」

思わぬ言葉に、高坂が驚愕《きようがく》して目を見開いた。

「こ、甲州様じゃと」

「お前たちの悪事はすべて聞いた。もはや言い逃れはできぬ」

「うっ、くくっ」

顔を引きつらせる高坂の前に、佐久間が歩み出る。

「高坂殿、恐れることはありませぬぞ。この者は、旗本の屋敷に忍び込んだ曲者。甲州様の名を騙《かた》る盗《ぬす》っ人《と》です。斬って捨ててしまえば死人に口なし。誰も手出しはできぬはず」

「さよう！」

宗重が叫び、高坂をけしかけた。

二人に言われて、気を取り直した高坂が命じる。

「宗重、女を斬れ！」

「おう！」

刀を正眼《せいがん》に構えた宗重が前に出るや、大上段に振り上げて斬りかかろうとしたその刹那、かえでとは別の方向から空を切って迫る手裏剣に気づいて、咄嗟に弾き落とした。

一瞬の隙を突いたかえでが前に跳び、宗重を斬る。

「ううっ」

血がしたたる腹を押さえた宗重が、息苦しそうな顔をして足から崩れ伏した。

手裏剣が投げられたのは、表門に向かう木戸を背にして庭にいる、二人の家来たちの背後からだった。気配に気づいて家来たちが振り向いた刹那、一閃《いっせん》された刀に打ち倒された。

悶絶《もんぜつ》する二人を跳び越えて現れたのは、小五郎だ。

「お頭《かしら》」

「表門はすでに押さえている。お静さんを外へ」

小五郎が木戸を開けて促す。

かえでは笑みを浮かべて顎を引き、静の手を引いて外へ逃げた。

刀を構えた小五郎が、廊下にいる高坂に告げる。

「綱豊様のお出ましだ。控えよ」

かえでが去るのと入れ替わりに木戸から現れたのは、金の葵の御紋が輝く陣笠《じんがさ》を着け、羽織袴で身なりを整えた左近だ。

「甲州様」

慌てた高坂が庭に駆け下り、左近の前で膝をついて頭を下げたので、家来たちもそれに倣《なら》い、刀を後ろに回して膝をついた。

長七と用心棒たちは、左近に従うつもりはなく、険しい顔で身構えている。

与力の佐久間は長七側につき、用心棒に顎を振って指図した。

「生きたければ闘え。皆殺しにしろ！」

殺気立つ者どもに、左近は鋭い目を向けた。

用心棒が刀を振りかざして襲いかかる。

小五郎が立ち塞がり、左近に刀を振り上げた用心棒の喉を手裏剣で貫《つらぬ》いた。

「うぐうっ！」

喉を押さえて倒れた仲間を見て、共に襲いかかろうとしていた用心棒たちの足が止まり、怯んで下がった。その背後に小五郎の配下たちが現れ、次々と倒していく。

長七と喜助はその場で腰を抜かし、震える手を合わせて命乞《いのちご》いをした。

ただ一人、佐久間のみが往生際《おうじょうぎわ》悪く手向かう。

「おのれっ！」

刀を振り回して叫び、左近に襲いかかった。

小五郎が忍び刀で斬りかかったが、佐久間は受け止めて押し離し、左近に迫る。

馬を馳《は》せて来ていた左近は、佐久間の刃をかわし、鞭《むち》で顔を打つ。

頰に赤い筋が浮いた佐久間は一瞬怯んだが、

「とうっ！」

一足飛《いっそくと》びに、袈裟懸《けさが》けに打ち下ろす。

鋭い刃風《はかぜ》が左近の顔をかすめ、空を斬る。

空振りをした佐久間の右手首を、左近の鞭が唸《うな》りを上げて打つ。

「うっ」

刀を落とした佐久間が脇差に手をかけたが、抜刀する前に左近の鞭が首にめり込んだ。

激痛に声も出ない佐久間は、白目をむいて突っ伏した。

佐久間を一瞥《いちべつ》した左近は、厳しい顔を高坂に向ける。

「河内守」

「はは！」

「そちの悪事は、必ずや上様のお耳に入れる。覚悟して沙汰《さた》を待つがよい」

「ははあ」

観念する高坂を見て、長七が悲痛な顔をしている。

左近が目を向けるや長七は悲鳴をあげ、額《ひたい》を地べたに擦《こす》りつけて平伏《へいふく》した。

「与力ともども、町奉行から厳しい調べがあると覚悟いたせ」

「ひっ、ひいいっ」

奇妙な悲鳴をあげる長七のことを小五郎にまかせた左近は、根津の藩邸に引きあげるべくきびすを返した。

表門に向かう左近の背後で、高坂が顔を上げた。

「もはやこれまで、ごめん!」

お上の沙汰を待つことなく、高坂は脇差を腹に突き入れ、自害して果てた。

立ち止まって、ひとつため息をついた左近は、振り向かずにその場を去った。

六

その後の調べで坂手文左衛門の無実は確かなものとなり、牢を破ったことは、北町奉行の計らいで百たたきの刑で落着した。

本来ならば奉行所の門前で行われる刑だが、甲府藩の屋敷に留め置かれている文左衛門の場合は、実際に刑を受けることなく解き放ちとなった。

奉行所としては、民の模範となるべき立場の与力が犯したたびの事件を、隠《おん》密裡《みつり》に収めたかったのだ。

ゆえに、文左衛門の罪は消えたのだが、江戸中に伝えられたわけでもなく、人相書きが剝《は》がされたのみで、うやむやになっている。

権八などは、

「お上のやることは汚ねぇや」

酒が入ると愚痴《ぐち》をこぼしていたが、文左衛門がお解き放ちとなり、元の暮らしに戻れると知るや、おとなしくなった。

長七と佐久間が共に死罪と決まったのは、捕らえられてわずか二日後のことである。

文左衛門が甲府の藩邸を出たのは、さらに二日後だった。

江戸中に貼り出されていた人相書きを剝がすまでは、左近が留め置いたのだ。

表門まで見送りに来た左近に振り向いた文左衛門は、深々と頭を下げた。

「甲州様。こたびのことは、決して忘れませぬ」

「暮らしを変える気がないなら、また花川戸町で会うこともあろう。その時は、新見左近として接してくれ」

「はは」

「権八夫婦と静殿には、くれぐれも内密に頼む」

「妻にも言えませぬか」

「そなたの長屋に遊びに行った時に、気を使われたくないのだ」

左近が笑みを浮かべてみせると、文左衛門も笑顔で顎を引いた。

「では、お会いする日を楽しみにしております」

「うむ、近いうちに会おう」

「はは」

文左衛門は脇門を潜り、愛する静が待つ甚兵衛長屋に帰っていった。

静が高坂の屋敷に入っていたことは、左近の口から告げている。

文左衛門は、己のために静が我が身を犠牲にしたと思い、嘆《なげ》き悲しんだが、静が高坂に身体を許していないことをかえでが伝えると、安堵して涙を流した。

文左衛門のことだ、これまでどおり、仲睦《なかむつ》まじく暮らしていくことであろう。

そう思った左近は、文左衛門の姿が見えなくなると、屋敷の中に戻った。

左近からもらった黒羽二重《くろはぶたえ》の着物と灰色の袴を着けている文左衛門は、晴れ晴れとした顔で甚兵衛長屋の路地に入った。

長屋の連中は文左衛門の顔を見るなり駆け寄り、無事でよかったと喜んで、涙を流してくれた。

皆に礼を言いつつ路地を歩み、部屋の前に立つ。

「静、今帰ったぞ」

声をかけて戸を開けた刹那、静が飛び出してきて、文左衛門に抱きついた。

「許せ、静。辛い目に遭《あ》わせてしまった」

声にならず首を横に振る妻を抱きしめた文左衛門が、安堵の息を吐く。

人目もはばからず抱き合う二人には、言葉などいらなかった。

住人に囲まれて笑みを浮かべる文左衛門のことを、塗笠《ぬりがさ》の下から見つめる目があった。

侍の手には、在所が記されている文左衛門の人相書きがにぎられている。

楽しそうに住人と語らう文左衛門の顔を見据《みす》えた侍は、きびすを返し、足早に立ち去った。

およそ一刻（約二時間）後、侍の姿は麻布《あざぶ》桜田町《さくらだちょう》にあった。

武家屋敷と大名屋敷が軒《のき》を連《つら》ねる道を歩んでいる侍が、長屋門の脇門を開けて中に入った。

表に立派な黒門を有する大名屋敷は、備中宇内藩《うないはん》の上屋敷だ。

表御殿には入らず、一万五千坪の広大な敷地内にある江戸家老の屋敷に向かった侍は、木戸を開けて裏庭に入り、あるじがいる部屋の前の白洲《しらす》に片膝をついた。

「ただいま戻りました」

うむ、と障子の奥から声がする。

「して、いかがであった」

「人相書きに間違いございません。三年前に姿を消した坂手文左衛門と妻の静は、江戸におります」

「人相書きにある罪はどうなったのだ」

「ご赦免になったとの噂は事実のようでございます。先ほど長屋に戻りました」

「わかった。追って指示を出す。それまで目を離すな」

「はは」

侍が去ると、障子を開けて中年の江戸家老が出てきた。その後ろに、側近らしき者が従う。

「関戸重正の妹夫婦が江戸におったとはの」

「まことに」

「打ち首になるならそれですむと思うていたが、ご赦免となっては、見逃すわけにはいくまい」

「しかしながら、江戸にいながら動かぬのが解《げ》せませぬ。文左衛門は、刺客を皆殺しにして逃げたほどの遣《つか》い手《て》。何も知らずに江戸で暮らしているなら、このまま手出しせぬほうがよろしいかと」

「一度はわしを追い詰めた重正のことだ、油断はできぬぞ。例の物が見つかっておらぬゆえ、用心するに越したことはない。重正に近しい者で生きておるのは妹夫婦だけだ。この世から消してしまえば、先々まで安泰《あんたい》というもの。玄四郎《げんしろう》は、今どこにおるのだ」

「金沢《かなざわ》で、重正の妹夫婦を捜しております」

「遠いの。江戸におる者で始末できようが、念のため呼び戻せ」

「はは」

側近が部屋から去ると、江戸家老は文机《ふづくえ》に置いてある文左衛門の人相書きを手に取り、勝ち誇《ほこ》るような笑みを浮かべながら破り捨てた。

笑みを消し、憎々しげな表情でつぶやく。

「待っておれ重正。貴様の妹夫婦も、じきにそちらへ送ってやる」

第三話　襲撃

一

新見左近に窮地《きゅうち》を救われた浪人坂手文左衛門は、愛する妻静と二人、甚兵衛長屋での平穏な暮らしに戻っていた。

とはいえ、文左衛門が投獄されていたことで蓄《たくわ》えは底を突いてしまい、当然だが、休まず働かなくては食べてはいけない。

文左衛門は、日増しに明るさを取り戻しつつある妻の様子に安堵《あんど》し、苦労をかけさせないために前にも増して懸命に働いている。権八から大工の棟梁《とうりよう》になれると言われて、いつかはそうなりたいと思うようにもなっていた。

今日も普請場《ふしんば》での仕事を終えた文左衛門は、酒を飲もうという権八の誘いを受けて、一杯だけのつもりで神田《かんだ》明神下《みようじんした》の料理屋に入った。

「文左の旦那、左近の旦那が気にかけておられたんでお訊《き》きしやすが、その後の暮らしはどうです？」

「妻が仕事を辞《や》めたので楽ではないが、長五郎《ちようごろう》殿が雇ってくれたおかげで、なんとかやっていけておるよ」

「棟梁は、旦那は無実だと信じてましたからね。長屋の連中とはうまくやっておられるので？」

ちろりの熱燗《あつかん》をすすめながら権八が訊くので、文左衛門は笑顔で酌《しやく》を受けた。

「与力殺しのことは濡《ぬ》れ衣《ぎぬ》だったのだ。長屋の連中は、前と何も変わっておらぬよ」

「そうですかい」

こころなしかがっかりしたように見えたので、文左衛門は不思議に思った。

酒を舐《な》めつつ顔色をうかがっていると、ちらりと目を合わせた権八が、ぐい呑《の》みを折敷《おしき》に置いて身を乗り出してくる。

「実はね、旦那。うちの長屋に空きが出たんですよ。左近の旦那も気にしていなさるようだし、どうです、思い切って引っ越してきませんか」

「権八殿の近くに住むのは楽しそうだな」

文左衛門の返答に、権八がぱっと明るい顔をした。

「それじゃさっそく、あっしが家主に話をつけやしょう」

「いや、待ってくれ。誘いはありがたいのだが、今は出るつもりはないのだ。妻は甚兵衛長屋の暮らしにようやく慣れた。よそに移ればまた一から人付き合いをせねばならぬので、気苦労をさせたくないのだ。それに……」

急に浮かぬ顔をした文左衛門が周りをうかがい、声を潜《ひそ》める。

「牢を破った罪は消えたわけではない。百たたきに処せられた者ゆえ、わたしのような者を連れていけば、権八殿が長屋の皆から責められるのではござらぬか」

「何をおっしゃいますやら。文左の旦那は罪人じゃござんせんよ。牢屋敷から命がけで出てまで無実を訴えなすったから、真の悪党を捕まえることができたんです。そこんところは、あっしとかかあが長屋の連中に言って聞かせやすから、でえじょうぶですよ」

「だが今は、先ほども言うたように、長屋を移る気にはなれんのだ」

権八は残念がったが、しつこく誘ったりはしなかった。

それからは、もう少しで終わる普請場のことや大工仕事の腕を磨くことなどを話し、明日も共に励《はげ》もうと言い合って店を出た。

店の前で権八と別れた文左衛門は、神田川沿いの道を一人で家路についた。

冷たい北風が川面《かわも》を舐めるように吹いてきて、柳の枝を大きく揺らしている。

ほろ酔いの身体で風にさらされながら歩けば風邪《かぜ》をひいてしまうので、川沿いの道から町家のあいだの通りに入り、足を速めた。

甚兵衛長屋の路地に入る文左衛門に気づいた住人の女たちが、夕暮れ時の立ち話をやめてあいさつをしてきたので、文左衛門は笑みまじりに会釈《えしゃく》をして通り過ぎた。

家に帰ると、夕餉《ゆうげ》の支度を調《ととの》えて待っていた静が、笑顔で迎えてくれた。

「お帰りなさい」

「うむ」

優しい妻の笑みに癒《い》やされ、自然に顔がほころぶ。

「権八殿と一杯だけ飲んできた」

「では、夕餉はもう少しあとにしますか」

「いや、腹が減ったのですぐに食べたい。お、今日は魚の煮付けか。旨《うま》そうだ」

袴《はかま》を脱いで膳《ぜん》の前に座る文左衛門に合わせて、熱い味噌汁《みそしる》を出してくれた。

静が膳に着くのを待って手を合わせた文左衛門は、煮付けに箸《はし》を伸ばす。

「これは旨い。飯が何杯も食べられそうだ」

「たんと炊《た》いてありますから、たくさんお召し上がりください。今日も一日ご苦労様でした」

「うむ」

部屋の隅に片づけてある着物に気づいた文左衛門は、箸を止めた。

「あれは縫い物ではないか」

静がためらいがちに答える。

「どうしても頼みたいと言われたものですから」

「断れなかったのか」

「はい」

「思い出していやな気分にならぬか」

「何もしないほうが、辛《つろ》うございます」

「そうか」

「これからも続けとうございます。日本橋のお店のお方は、品物を持ってきてくださいますし、取りにも来てくださいますので」

縫い物はほぼできあがっている様子だ。昼間はろくに休まず仕事をしていたのだろう。

だが静は疲れた顔を見せずに、生き生きした様子で話している。

「それで気が紛《まぎ》れるなら、続けなさい」

「はい」

静は安堵した笑みを浮かべて、食事をとった。

表の戸がたたかれて訪《おとな》いを入れられたのは、食後の白湯《さゆ》をすすっている時だった。

はぁいと応じた静が、仕上げにかかっていた縫い物を置いて出ようとしたので、文左衛門が止めた。

「どなたですか」

「坂手文左衛門殿に、火急の知らせがござる」

相手は名乗らずに、小声で返してきた。

静が不安そうな顔をする。

文左衛門は戸口に立ち、戸を開けた。

竹の編笠《あみがさ》を着け、無紋《むもん》の羽織袴《はおりはかま》姿《すがた》の侍が立っている。笠の端を持ち上げた三十男の表情は険しい。

「どちら様ですか」

すると男は、あたりをうかがいながら口を開く。

「ここでは話せぬ。中に入れてもらえぬか。決して怪《あや》しい者ではござらぬ」

文左衛門は警戒したが、男の切迫した様子に押されて招き入れた。

戸を閉めて笠を取った男は、精悍《せいかん》な顔つきをしている。浪人ではないことは、身なりでわかった。

「拙者は宇内藩士、大橋宗十郎《おおはしそうじゆうろう》と申す」

名乗った宗十郎が、座敷にいる静に目を向けたので、文左衛門が問う。

「妻をご存じか」

「幼《おさな》い頃にはよう顔を見ておった。静殿、覚えておられぬか、重正と幼馴染《おさななじ》みだった宗十郎だ」

言われて、静は宗十郎の顔を見た。そして、口に手を当てて涙ぐむ。

「覚えております。兄上といつもご一緒に遊ばれていたお方でございましょう。面影《おもかげ》が残っておられます」

「うむ。久しいの、静殿」

「はい」

義兄《あに》の幼馴染みと知り、文左衛門は安堵した。だがすぐに、どうしてここがわかったのだろうという疑念が浮かぶ。

訊こうとした時、宗十郎が先に口を開いた。

「戸口では外に声が漏れる。上がらせてもらうぞ」

「どうぞ、狭いところですが」

草鞋《わらじ》の紐《ひも》を解いて上がった宗十郎は、重正夫婦の位牌《いはい》の前に座して手を合わせ、膝《ひざ》を転じた。

台所に立つ静をちらりと見やった宗十郎が、座敷に上がって正座する文左衛門に目を向けながら告げる。

「坂手殿の父上とは面識があるが、わたしは貴殿が元服《げんぷく》して重正に仕《つか》える前に、江戸詰となった父に連れられて国を出た。お会いするのは今日が初めてでござるな」

「はい」

「父上は息災《そくさい》か」

「いえ。わたしが元服してすぐに、病《やまい》で亡くなりました」

「そうであったか。優しくも厳しいお方だったのを覚えている。重正と悪さをしたのがばれた時など、坂手の爺《じい》に尻をたたかれると申して、二人で怯《おび》えておったが……そうか、亡くなられたか。国を出て二十年になるが、重正と駆け回った野山の景色は鮮明《せんめい》に覚えている」

「四季を通して、美しい国でございました」

「帰りたいか」

問われて、文左衛門は帰参《きさん》を許されるのかと期待したが、顔には出さずに黙っていた。宗十郎が何を知らせに来たのか聞くまでは、己の気持ちを言うべきではないと思ったのだ。

静が座敷に上がって白湯を出すと、険しかった宗十郎の顔がゆるんだが、それは一瞬のことだ。

並んで座る文左衛門と静を見て、表情を引き締めて言う。

「重正は残念だった。許してくれ。あの時は何も知らず、力になれなかったのだ。江戸と宇内は、あまりにも遠すぎた」

静は首を横に振った。

「もう遠い昔のように思えます。わたしたち夫婦にとっては終わったことですので、どうかお忘れください」

「それが終わってはおらぬのだ」

文左衛門が訊く。

「どういうことですか」

「江崎盛実《えざきもりざね》を覚えておるな」

「忘れもしませぬ。義兄上《あにうえ》の命を奪わせたのは、江崎に違いないのです」

義兄重正が息を引き取る時の悔しそうな顔を思い出すと、文左衛門は今でも目頭《めがしら》が熱くなる。仇討《あだう》ちをしたいと思うこともあるが、静を頼むと言い残した重正の遺言と、何より静を一人にせぬために、思いとどまっているのだ。

「江崎が、どうかしたのですか」

静が厳しい口調で訊いた。江崎と兄が対立していたことは、静も知っているのだ。

宗十郎が険しい顔で口を開く。

「江崎は今、江戸家老に出世して麻布の藩邸におるのだ」

声にならぬほど、文左衛門は驚いた。国から遠く離れた江戸ならば、二度と会うこともないと思っていただけに、悔しさが込み上げてくる。

義兄が今わの際に放った、藩政を正す夢は潰《つい》えたという悔しげな言葉は、文左衛門の耳から離れない。

藩のことを思い、藩のためだけに生きていたと言っても過言ではない義兄の命を奪った江崎が、家臣の筆頭ともいえる江戸家老にのぼりつめていると聞いては、静の心中も穏やかではあるまい。

「江崎は悪い噂《うわさ》の絶《た》えぬ者。それがなぜ、江戸家老になっているのですか」

詰め寄る文左衛門を、宗十郎は制した。

「そのことを話している暇《ひま》はない。二人とも、今すぐここから逃げろ。重正の身内であるお前たち夫婦の命を、江崎が狙っているのだ」

「命を！　何ゆえ我らが狙われるのです」

「それはわたしにもわからぬ。だが、この長屋の在所が記された人相書きを手に入れた江崎は、そなたが赦免《しやめん》となったと知り、昨夜、側近の者と襲撃の話をしていたのをたまたま耳にしたのだ」

「人相書き……」

そうだったのか。

文左衛門は己の不運を呪《のろ》い、きつく目を閉じた。

「すべてはわたくしのせいです。お前様、お許しください」

「何を言うか静、悪いのはお前ではない。そのように自分を責めてはならぬ」

「話はあとにしろ。こうしているうちにも刺客が向かっておるやもしれぬ。わたしがいるうちに逃げるのだ。急げ」

——静の命を守らねば。

文左衛門の頭には、それしか浮かばない。

「静、支度を」

「でも、預かり物の着物が」

「今はそれどころではない。さ、支度を」

身の回りの物を荷造りする静を手伝った文左衛門は、押し入れに納《おさ》めていた大小を取り出し、腰に帯《お》びた。

「行くあてはあるのか」

宗十郎に問われて、文左衛門はうなずく。この時にはもう、権八の長屋に静を逃がすことを決めていた。

「行き先を教えてくれ。何かあればまた知らせる」

「わたしはここに残ります」

「何！」

文左衛門の言葉に、宗十郎が驚いた。

静が手を止めて言う。

「お前様が行かないなら、わたくしも残ります」

「だめだ。お前がいては邪魔になる」

静は目を見張った。

「お前様、まさか……」

「文左衛門殿、敵を迎え撃つ気か」

問う宗十郎に、文左衛門はうなずく。

「本来ならば、こちらから出向いてあるじの無念を晴らしたいほどなのです。相手が命を取りに来るというなら、逃げても無駄。降りかかる火の粉《こ》は払うのみにござる」

「覚悟を決めたようだな」

「はい」

「ならば、わたしも力になる。静殿、武士の妻らしく、ここは文左衛門殿に従ってくだされ」

静も武家の女だ。邪魔だと言われては従うしかない。

「わかりました。ただしお前様、決して死んではなりませぬ。お前様に何かあれば、わたくしもあとを追います」

「案ずるな、死にはせぬ。宗十郎様、これより静を逃がしますので、ここでお別れします」

「うむ。赤坂田町《あかさかたまち》五丁目の裏店《うらだな》で団子屋を営んでいるおえんという女がいる。何かあればそこを訪ねてくれ、きっと力になってくれる。いずれ近いうちにまた会おう。江崎のことは、その時ゆっくり話す」

「はい」

「死ぬなよ、文左衛門」

「死にませぬ」

「出るぞ」

「宗十郎様」

部屋から出ようとする宗十郎に、静が声をかけた。

「知らせていただき、ありがとうございました」

「礼には及ばぬ。さ、早く」

「静、行くぞ」

静は神棚《かみだな》から子宝のお札を下ろして大事に懐《ふところ》にしまい、文左衛門にうなずいた。

長屋を出る文左衛門夫婦の先に立った宗十郎が、あたりを警戒しながら路地を歩む。

荷物を持った文左衛門たちを見て住人たちが驚いた様子だったが、宗十郎が近づけさせぬ気迫を放っているので、声をかける者はいなかった。

行き先を訊かれると面倒だと思っていた文左衛門は、目を伏せて歩み、表通りに出る。

先に出てあたりの様子を探っていた宗十郎が言う。

「怪しい者はおらぬ。今のうちに」

「はい」

文左衛門は静の手を引き、甚兵衛長屋の木戸から出た。

宗十郎が訊く。

「舟で行けるところか」

「はい」

「ならばこれを」

宗十郎は舟賃を渡してくれた。

その重さに、文左衛門が目を見張る。

「これは……」

「気をつけて行け。重正の仇《かたき》を討ちたかろうが、相手が悪いと思うてあきらめろ。見つからぬうちに、このまま江戸を出ることだ」

「しかし……」

「これまで夫婦で生きてきたのであろう。今さら藩のいざこざに巻き込まれることはない。重正の無念は、わたしがかわって晴らす。遠いところから祈っていてくれ」

宗十郎はそう言うと、きびすを返した。

「宗十郎様。お待ちを」

文左衛門は追って引き止め、金子《きんす》を返した。

「お気持ちだけいただきます」

「逃げろ、文左衛門」

文左衛門は、首を横に振った。

「江崎のせいで苦労をするのは、もうこりごりなのです。江戸を出るのは、江崎のほうです」

「お前……」

強情な文左衛門に、宗十郎は鋭い目をして訊く。

「命を狙われて、生き残る自信があるのか」

「ございます」

きっぱりと言い切る文左衛門を見て、宗十郎はふっと笑みを浮かべた。

「その言葉、忘れるなよ」

逃がすことをあきらめた宗十郎は、きびすを返して藩邸に帰っていった。

薬研堀で舟を雇った文左衛門は、吉原《よしわら》に遊びに行く者を乗せた猪牙舟《ちょきぶね》に交《ま》じって大川をのぼり、竹町《たけちょう》の渡し近くの船着場で下りた。

花川戸町は、藩邸がある麻布桜田町とは遠く離れているので、そうそう見つかりはしないだろう。江戸を出ても行くあてのない文左衛門は、人が多いこの町のほうが見つかりにくいと思い、権八の長屋に向かった。

この時、文左衛門の頭には左近の姿もあった。

「静、花川戸町にいれば何も心配はいらぬぞ。この町にはな、甲州様がおられるのだ」

口止めされているので新見左近が甲州様だとは言えないが、文左衛門は静を安心させたくてそう言ったのだった。

二

文左衛門は権八が暮らす長屋に行く前に、小五郎の煮売り屋をのぞいた。左近がいれば、あいさつをしようと思ったのだ。

店は客が大勢いて、かえでが忙しそうに働いている。その姿はすっかり町の女になりきっていて、甲州の忍びとはとても思えない。

小五郎が気づいたので文左衛門は会釈をして、左近の姿がなかったので立ち去った。

店から小五郎が出てきて様子をうかがったことに気づかぬ文左衛門は、権八の長屋に行き、暗くて人気《ひとけ》のない路地を進んだ。

部屋の中から路地まで権八の話し声が聞こえたので、文左衛門は静と笑みを交《か》わして、訪いを入れた。

「権八殿、文左衛門でござる」

話し声がぴたりとやみ、どたどたと座敷を歩く音がして戸が開けられた。赤ら顔の権八が、荷物を持った二人を見て驚いた。

「文左の旦那、夜逃げでもしてきなすったんで？」

「ちょいとお前さん、藪《やぶ》から棒に失礼なこと言うもんじゃないよ」

およねが言いながら出てきて、権八の腕を引いて入れ替わった。

「あいすみませんねえ、うちの人、酔ってますんで」

お琴の店で馴染みのおよねは、遠慮なく二人の身なりを見て、いぶかしげな顔をした。

「旦那まさか、あんなことがあったから江戸がいやになられたんです？」

「いや、そうではないのだ。夕方権八殿から、長屋に空きがあると聞いたので、世話になろうと思うてな」

事情を知らないおよねは呆《あき》れた。

「夕方に聞いて、もう越してこられたのですか？」

「せっかちなものでな」

命を狙われているとは言えず、文左衛門は笑ってごまかした。

「寒いですから、とにかく中に入ってください」

「すまんな、急に訪ねて」

「いいんですよ。ささ、どうぞ。奥様も、遠慮なさらずに」

「すみません」

静は恐縮して、文左衛門に続いて中に入った。

権八が座敷を片づけて場を空け、こっちへ座ってくれと手招きする。

文左衛門は静を促《うなが》して上がり、二人並んで座った。

「権八殿、断っておきながら押しかけてすまん」

「何をおっしゃいますやら。嬉しい限りでござんすよ。およね、酒だ、酒」

「あいよ。奥様も飲まれる口ですか」

「いえ、わたしは。あと、奥様はおやめください。静とお呼びください」

「あいよ、お静さん。それじゃあたしたちは、お茶をいただきましょうね」

「どうぞお構いなく」

「遠慮はいりませんよう」

およねは底抜けの明るさで言い、台所に立った。

権八が訊く。

「旦那、甚兵衛長屋のほうは、もう引き払われたので?」

「いや、実はわけあって、こちらで世話になるのは妻だけなのだ」

「ええっ！　お二人揃《そろ》ってじゃないんですか」

「うむ」

「そのわけってのは、あっしが聞いてもいいことですかい」

文左衛門はうなずく。

「人相書きが貼られたことで、居場所を知られとうない者に見つかってしもうたのだ。国にいるとばかり思うていたのだが、江戸に出ておった。ここならばその者の住まいと離れておるゆえ、静が会うことはあるまい。どうか、よろしく頼みます」

夫婦揃って頭を下げたので、権八は目を白黒させた。

「よしてくださいよ。顔をお上げになっておくんなさい。旦那、あっしも江戸っ子だ、頼まれたらいやとは言いやせんぜ。明日の朝には家主に話をつけに行きやすんで、今夜は二人ともうちへ泊まってください」

「よいのか」

「いいですとも。部屋は狭いですが、川の字で寝ましょうや。お静さん、よろしいですかい」

「ご迷惑をおかけします」

「よし決まりだ。おい、酒はまだか」

「今行くよ」

酒と大根の漬物《つけもの》を持ってきたおよねが、静には熱い茶を出しながら言う。

「お前さん、こんな狭いとこに泊まってもらうのは気の毒だよ。家主さんと話がつくまで、左近様に頼んで谷中のお屋敷に行ってもらったらどうだい」

左近の正体を知っている文左衛門は慌《あわ》てた。

「い、いや、それは困る」

「左近様は今夜おかみさんとご一緒だから、谷中のお屋敷には誰もいませんし、大丈夫だと思いますよ」

権八が言う。

「でもよ、もう遅いぜ。文左の旦那とおれぁ明日早いしよ、今夜は泊まってもらおうや。ねえ、旦那」

「迷惑でなければ、そうしていただけるとありがたい」

「あたしは迷惑じゃないですけど、ほんとにいいんですか、こんなところで」

「よろしく頼みます」

左近の屋敷で世話になるなどとんでもないと思った文左衛門は、およねが承知してくれたので、ほっと胸をなでおろした。

夜は四人で二つの布団を分け合って横になった。権八の猛烈ないびきの中で、文左衛門は江崎の襲撃を警戒して一睡もしなかった。

表が白み、朝の早い住人が外に出る音がする。次第に他の住人も起きはじめ、およねが目をさましたので、襲撃はないと思い安堵した。

静がおよねを手伝って朝餉の支度にかかる頃、文左衛門は身を起こした。

顔を洗いに外に出て、様子をうかがう。

見知らぬ者が権八の部屋から出てきたので住人の女が驚いた顔をしていたが、文左衛門が頭を下げると、にこりと会釈を返して部屋の中に入った。

あとから出てきた権八が、

「旦那、おはようござんす。今日も頑張りましょうや」

張り切って言うので、文左衛門は笑顔でうなずく。

共に井戸端に行くと、水を使っていた男たちに権八が声をかけた。

「みんな、おはようさん。こちらの旦那は、おれと同じ普請場で働いている文左衛門の旦那だ。空き部屋に入えってもらうつもりだからよ、よろしく頼むぜ」

「坂手と申します。しばらく世話になります」

文左衛門が新入りらしく頭を下げると、男たちは白い歯を見せてうなずき、受け入れてくれた。

朝餉の時に、およねが家主に話をつけてくれると言ったので、一人で残す静のことをくれぐれも頼み、権八と共に仕事に出かけた。

命を狙われているが、働かねばその日の飯が食えない。普請場に襲ってくれば迎え撃つまでと腹を決め、今日は大小を帯びている。

神田明神近くの大店《おおだな》の建て替えは大詰めを迎えており、仕事はほとんど片づけだけだ。

昼までにすべての仕事を終えたところで、大店のあるじから祝い酒が振る舞われた。棟梁だけでなく、大工や下働きの者まで招かれたので、文左衛門は権八に誘われるままに、酒宴に顔を出した。

「棟梁、お相伴《しょうばん》に与《あずか》りやす」

「おう権八、遠慮なくいただけ」

「へい」

権八は樽酒《たるざけ》を升《ます》に注いで、

「旦那、やっておくんなさい」

と言って渡してくれた。

大工たちが祝い酒を飲みながらする話といえば、家の出来具合や、腕自慢だ。あるじをつかまえて真新しい座敷に上がり、彫《ほ》りの細工が見事な欄間《らんま》について熱弁を振るう者や、廊下の材木はめったに出ない上等な品だと口にする者、さらには柱、天井板、屋根瓦《やねがわら》の葺《ふ》き方にいたるまで、それぞれが満足のいく仕事ができたことを称《たた》え合っている。

楽しそうな皆の姿に目を細めていた文左衛門に、権八が近寄ってきた。すでに酔っている。

「旦那、あっしはね、いつか棟梁になるのが夢なんでさ。旦那も腕を磨いてくださいよ。大工仲間も長五郎の親方も、旦那は筋がいいと言ってますからね。旦那なら、あっしより先に棟梁になれますぜ。そん時は、あっしを雇ってやってください」

「権八殿のほうが先になれると思うが」

「そん時は、あっしが旦那を雇いまさぁ。あはは、今日からお静さんが同じ長屋に暮らすんですから、家族みたいなもんだ。旦那、旦那も越してくればいいのに、薬研堀へ帰《け》ぇるんですか」

「うむ。妻のこと、よろしく頼む」

文左衛門が頭を下げると、権八がにこりとした。

「そういう謙虚《けんきょ》なところが、あっしは大好きなんだな。美しい奥方を一人にしないで、越してきておくんなさいよ、旦那」

抱きつかんばかりに言う権八に新しい升酒を渡した文左衛門は、明日から働く普請場を訊いた。

酒をぐいっと空けた権八が、新しい普請場は本所《ほんじょ》だと教えてくれた。

今夜、甚兵衛長屋が襲撃されたら、明日行けるかどうかはわからない。

文左衛門は、静のことを思うと胸がいっぱいになり、場をはずした。

こっそり帰ろうとしていると、権八が追って出てきた。

「旦那、一人で帰るとは水臭《みずくさ》いや。長屋がどうなったか確かめなくちゃ」

それもそうかと思った文左衛門は、静を一人にする長屋を見ておくために、権八と共に帰ることにした。

酒が強い権八は飲み足らないと言い、小五郎の煮売り屋で飲みなおそうとしている。

文左衛門はいつもより酔っていたので、権八と並び、ゆっくりとした足取りで道を歩んでいた。

神田明神下の町中を抜けて、大名家の上屋敷が並ぶ人気《ひとけ》のない通りを下谷に向かって歩んでいると、前から二人連れの侍が歩んできた。紋付羽織《もんつきはおり》と袴を着け、月代《さかやき》もきちんとしているところからして、大名家の家臣だろう。

文左衛門は権八の腕をつかんで、石畳から砂利《じゃり》の場所にそれて道を譲り、すれ違った。

用心のために大小を帯びている文左衛門のことを浪人者と蔑《さげす》んでいるのか、藩士たちはじろりと一瞥《いちべつ》し、歩んでいく。

権八は気にもしないで石畳に戻ったので、文左衛門もそれに続いて歩んだ。

「旦那、降ってきそうですぜ」

権八が空を見上げている。

普請場を出る時は見えていた日が隠れ、どんよりとした雲が広がっている。

「そろそろ、雪が降るか」

「寒いや。急ぎやしょう」

「うむ」

歩を速めた文左衛門は、はっとして足を止めた。目と鼻の先にある石灯籠《いしどうろう》に身を隠すように、三人の侍がいたのだ。

その者どもは、文左衛門を見て何ごとかを話している。一人がうなずくや、三人連れ立ってこちらに向かってきた。

「権八殿」

文左衛門が手を引いて止めた時には、曲者《くせもの》に囲まれた。

「坂手文左衛門だな」

一人が問うので、文左衛門は権八を背にした。

「おぬしら、江崎の手の者か」

こちらの問いには答えず、侍たちは一斉に抜刀《ばっとう》した。

「てやっ！」

いきなり斬りかかってきた相手の間合いに入り、手首を受け止める。そのまま押し返した文左衛門は、刀を抜いた。

「何ゆえ命を狙う。わたしはすでに、江崎のことなど眼中にない。帰ってそう伝えろ」

「やあっ！」

袈裟《けさ》懸《が》けに打ち下ろされた一刀をかわした文左衛門は、相手の手首を傷つけた。

「うっ」

三年前には、屋敷を襲った者たちを一人で斬り倒した文左衛門だ。その確かな剣技に、曲者どもは怯《ひる》んだ。

「聞こえぬか。わたしはあるじの仇討ちをする気はないと申しておる。江崎にそう言え！」

「問答無用！」

「どうしても命を取ると申すか」

文左衛門が意を決して刀を構えた時、

「人殺し！　誰か！　人殺しだ！」

権八が大声を張り上げた。

大名屋敷の漆喰塀《しっくいべい》が続く先で木戸が開けられ、中間《ちゅうげん》らしき者たちが出てきた。すぐに斬り合いに気づき、戸の内に向かって人を呼ぶと、藩士たちが現れた。

「そこで何をしておる！」

藩士が声を荒らげたので、曲者どもは舌打ちをして立ち去った。

駆け寄った藩士は、先ほどすれ違った二人だった。

「おい、何ごとだ」

問われて、文左衛門は刀を鞘《さや》に納めて頭を下げた。

「酒に酔うた侍に絡まれました。お騒がせして申しわけございませぬ」

「そこの大工、まことか」

「えっ」

権八は頓狂《とんきよう》な顔を文左衛門に向けたが、察して話を合わせる。

「ええ、そうでやす。あっしらが石畳を歩いていたのがお気に召さなかったようで。危ないところをお助けいただき、ありがとやした」

ははあ、と頭を下げる権八を一瞥した藩士が、厳しい顔を文左衛門に向ける。

「これからは砂利を歩むことだ。行け」

「はは」

頭を下げた文左衛門は、権八の腕を引いて立ち去った。

辻《つじ》を曲がったところで、権八が訊く。

「旦那、さっきの奴らは何者ですか。夕べあっしを頼られたのは、命を狙われていなさるからですかい」

「すまぬ。ここまでしつこいとは思うておらなんだのだ。静が心配だ」

「こいつはてぇへんだ」

酔いもさめた二人は長屋に急いで帰った。そのあいだ、文左衛門は油断なく追っ手を警戒していたが、それらしい姿はない。

長屋の路地に入ると、昨日と変わらぬ静けさだった。

権八が先に行き、部屋の戸を開ける。

「おい、無事か！」

湯を沸《わ》かしていたおよねがびくっとして、目を丸くして見る。

「なんだい、いきなり大きな声で。びっくりするじゃないのさ」

「お静さんはどうした」

「いますよ、ここに」

目隠しで使っている屏風《びょうぶ》の奥を示すと、静が顔を出したので、権八が安堵して尻餅《しりもち》をついた。

「旦那、どうやらここは見つかっておりやせんぜ」

「そのようだ。だが油断はできぬ。迷惑になるといけぬので、今すぐここを出よう。静、支度を」

焦《あせ》る文左衛門を権八が止めた。

「まあまあ、ここは落ち着いてください。およね、空き部屋の話はついたのか」

「当然さ。今日から住んでもらっていいそうだから、片づけを終えて帰ってきたところさ。今夜から寝られるよ。それにしてもお前さん、さっきの慌てようはなんだい。まるで誰かに襲われるみたいだけど」

「旦那、ひとまず中へ」

促されて中に入ると、戸を閉めた権八が告げる。

「旦那は命を狙われていなさるんだ。およね、左近の旦那を呼んでこい」

「左近様は、今日は帰られましたよ」

「なんだい。大事な時に」

静が心配した。

「お前様、江崎に襲われたのですか」

「江崎ではない。おそらく家臣だろう」

「お怪我《けが》は」

「大丈夫だ」

およねが口を挟む。

「お前さん、これは大ごとだよ。今から谷中のお屋敷に行ってみるかい」

「そうだな」

「いや、それには及ばぬ。夜道は危ない」

文左衛門が続ける。

「跡をつけられておらぬので大丈夫だ。すまぬがわたしも、長屋に身を潜めさせてくれ。二、三日様子を見て出るので、それまで頼む」

権八とおよねは顔を見合わせた。

およねが言う。

「二、三日で出るですって。馬鹿をお言いでないよ。命を狙われているお方を放り出すような薄情もんじゃないよ、あたしたちは。何日でも何年でもいてくださいな」

「おうよ。旦那、命を狙われるってのは、よっぽどのことだ。まさか、仇持《かたきも》ちですかい」

「いや、仇を討ちたいのはこちらのほうだ」

「だったらなおのこと、ここにいてください。あっしが左近の旦那に頼んで、なんとかしてもらいやすから」

他人まかせの権八であるが、文左衛門と静にとっては心強い限りだ。

「左近殿に迷惑はかけられぬ」

「左近の旦那は迷惑だなんて思うお人じゃないですよ。これまでも、困っている者をたくさん救われているお人ですから」

自慢げに言う権八に、文左衛門はうなずいた。だが真の身分を知る文左衛門は、おそれ多くて頼ることなどできない。

「ここにいれば襲われることはないだろうから、左近殿には言わないでくれ」

「そうですかい。まあ、そこまでおっしゃるなら」

権八は心配したが、家にとどまった。

文左衛門と静は、それから三日ほど長屋に籠《こ》もっていたのだが、少ない手持ちの金が尽きてしまい、食うに事欠いた。

貧しい者は、働かねば飢《う》える。

路銀《ろぎん》もなしに旅に出るのは死にに行くようなものなので、文左衛門は働くことにして、静と共に権八宅を訪ねた。

「権八殿、明日からまた働きたいのだが、本所の普請場に連れていってくれぬか」

「本気ですかい。危ないと思いますがね」

「このままでは、店賃《たなちん》も払えぬどころか、飢え死にするしかない」

「旦那、水臭いこと言わないでくださいよ。飯はうちでも三島屋のおかみさんのところでも食べられますし、店賃なんざ、三月《みつき》も四月《よつき》も溜《た》め込んでいる者はざらにおりやすぜ」

「それではわたしの気がすまんのだ。明日から頼む」

「そうですかい。それじゃ、明日から行きやしょう」

「すまんな」

「また襲われたらどうしやす」

「迎え撃つまでだ。迷惑はかけぬようにする」

権八が心配そうな顔で問う。

「旦那、旦那はお静さんを一人にして、仇を討つ気だったんですかい」

「いや、わたしは仇討ちの許しを得ておらぬ。亡くなった義兄《あに》からも、すべて忘れるよう遺言されているので、できることなら平穏に暮らしたいのだ」

「だったら、相手にそう言ってやれば安心するんじゃないですか」

「襲ってきた者には言った。耳に入っておれば、今頃は伝わっているはずだ。わたしたちのことを捨て置いてくれるといいのだが……」

「今は命のやりとりに厳しい世の中だ。旦那に仇討ちの意思がないとわかれば、おとなしくするんじゃないですかい」

「そうだといいのだが。およね殿、すまないがわたしが仕事に出ているあいだ、静を三島屋さんに置いていただけないだろうか」

「そのほうがいいね。お静さん、明日から一緒に行きましょう」

静は申しわけなさそうな顔をした。

「でも、ご迷惑では……」

「いいんですよう。昼間は部屋が空いていますし、左近様が来られたら、守ってくださいますから。悪い奴が来たら、えいっ、やあって、やっつけてくださいますから」

「左近様はね、見た目は優男《やさおとこ》ですけどね、それはもうお強いんですよ。」


目尻を下げて左近のことをしゃべるおよねを、文左衛門ははらはらしながら見ていた。

ここにいる者で、左近の正体を知るのは自分だけだ。ついしゃべってしまわぬよう気をつけなければと思い、落ち着かないのだ。

恐縮する静にかわって、文左衛門がおよねに頼んだ。

「では、よろしく頼みます」

「あいよ、このまま何もなければいいね」

「はい」

文左衛門も静も平穏無事を願ったのだが、そうはいかなかった。

宇内藩の上屋敷では、戻った者から文左衛門夫婦の行方がわからないという知らせを受けた江崎が、恐ろしい形相《ぎようそう》でしくじりを咎《とが》めたのだ。

「この、役立たずめが！」

怒りのままに家来を蹴り倒した江崎は、控えている側近の免田光定《めんだみつさだ》に顔を向ける。

「光定、なんとかせい。一日も早う重正の妹夫婦を殺さねば、枕を高《たこ》うして寝られぬではないか」

「文左衛門めを雇う大工の棟梁はわかっておりますので、次は住処《すみか》を突き止め、必ず息の根を止めてご覧に入れまする」

「初めからそうしておればよかったのだ。見つけ次第殺せと言うたが、大名屋敷の前で襲うとは何ごとか。場所を選べ、場所を」

「はは」

平身低頭《へいしんていとう》して詫《わ》びた免田は、逃げるように立ち去った。

その時、廊下の角に背を寄せて家老の用部屋の様子を探っていた宗十郎は、免田と家来たちの足音が近づくとその場を離れ、暗がりに身を潜めてやりすごし、自分の長屋に戻っていった。

一人で部屋に残っている江崎は、誰もいない庭を睨《にら》み、苛立《いらだ》ちの声をあげた。

「重正め、死んでもわしに手向かいしおるか。ええい、腹が立つ。誰かある！」

声に応じてすぐさま現れた小姓《こしょう》に、江崎が言う。

「玄四郎は、まだ戻らぬのか！」

「まだにございます」

「遅い！」

持っていた扇子《せんす》を畳に打ちつけるだけでは気が治《おさ》まらず、燭台《しょくだい》を外に投げ捨てた。

三

免田は手の者を走らせて文左衛門の居場所を捜したが、十日が過ぎても見つからなかった。文左衛門は大川を渡り、本所の普請場に通っていたのだから見つからなかったのだが、この日は権八と文左衛門を雇っている長五郎が、仕事の進み具合を確かめるために本所へ足を運んだ。

長五郎を見張っていた免田の手の者は、寺の屋根に上がって金槌《かなづち》を振るう文左衛門を見つけて、仕事を終えるのを待った。

気づかぬ文左衛門は、長五郎から差し入れられたまんじゅうを食べて、権八と共に一日の仕事を終えて家路についてしまった。決して油断をしていたわけではないが、町人になりすましている追っ手を見抜けなかったのだ。

運がよかったのは、この日は竹町の渡し舟を使う者が多く、追っ手が同じ舟に乗れなかったことだ。

川岸で悔しがる者がいるとも知らずに大川を渡った文左衛門は、小五郎の店で権八と酒を飲み、日暮れと共に家に帰った。

大川を渡った追っ手は浅草一帯を走り回り、小五郎の店をのぞいたのは、文左衛門と権八が帰って間もない頃だった。

だが、普請場を知られてしまったので、文左衛門がこのままですむはずはない。

翌日、人を集めた免田は、普請場と渡し場に人を配し、抜かりのないようにして待ち受けた。そして、一日の仕事を終えて大川を渡った文左衛門に、追っ手がついたのである。

長屋は渡し場から近い。大川沿いの道を長屋に向かう文左衛門を追跡する者は、背中から目を離すことなくついていく。

その追っ手の行く手を塞《ふさ》ぐ者が現れたのは、程なくのことだ。

「文左衛門！　つけられておるぞ！」

突然の声に驚いて振り向く文左衛門の目の前で、斬り合いがはじまった。

文左衛門は宗十郎だと気づき、助けに入ろうとしたのだが、その前に宗十郎が斬られた。

腕を押さえて膝をついた宗十郎に、相手がとどめを刺そうとしている。

「よさぬか！」

文左衛門は叫び、脇差を抜いて投げつけた。

敵が脇差をかわした隙《すき》を突き、宗十郎が刀を払う。

足を浅く斬られた敵は怒りの表情で刀を振り上げたが、宗十郎が腹を突いた。

傷は浅かった。呻《うめ》き声をあげた敵は、捕まるのを恐れてよろよろと逃げていく。

文左衛門は、傷の痛みに顔をしかめる宗十郎に駆け寄り、助け起こした。

「宗十郎様、お気を確かに。すぐ医者に連れていきます」

「大丈夫だ」

言葉とは裏腹に、血が止まらない。

「このままではいけません。権八殿、近くに医者は」

「いますとも、いい医者が」

言った権八が、材木屋の角にいた町駕籠《まちかご》を見つけて、

「おおい、頼む！」

手招きして呼んだ。

駕籠かきたちはうなずき合い、急いで来た。

「旦那、乗せてあげてください」

「うむ」

文左衛門は宗十郎に手を貸して駕籠に乗せ、権八の案内で医者に連れていった。

権八が向かったのは、上野北大門町《うえのきただいもんちょう》の西川東洋《にしかわとうよう》の診療所だ。左近の脈を取る、甲府藩の御殿医《ごてんい》である。

傷を診《み》た東洋は、飄々《ひょうひょう》とした態度で告げる。

「幸い筋は切れておらぬので、ひと月もすれば傷は癒えよう。熱が出るといけぬので、今夜は泊まりなさい」

「かたじけない」

宗十郎は起き上がろうとして、東洋に止められた。

「泊まれと言うたのが聞こえなんだか。無理をするとまた血が出る。さ、横になりなさい」

「宗十郎様、先生がおっしゃるとおりです」

手を差し伸べて横にさせた文左衛門に、宗十郎が言う。

「我ながら、剣の才がないことに腹が立つ。情けない限りだ」

「ご自分を責めないでください。おかげで助かりました」

「静殿が心配だ。戻ったほうがよい」

「妻は大丈夫です。わたしが帰るまで、やんごとなきお方が出入りされるところにいさせていただいております」

「それは、身分のあるお方なのか」

厠《かわや》に行っていた権八が戻ったので、文左衛門は左近のことを告げるのをやめた。

「それより教えてください。江崎は何ゆえ、わたしと静の命を狙うのですか」

宗十郎が東洋たちを気にしたので、文左衛門は頭を下げた。

「権八殿、先生、すまぬが二人にしていただきたい」

「うむ」

応じた東洋が、権八を促して部屋を出た。

襖《ふすま》が閉められるのを待って、宗十郎がため息をつく。

「まさか、このようなかたちで、おぬしとゆっくり話すことになろうとはな」

「命があって、ようございました」

「うむ」

天井を見上げた宗十郎は、藩に何が起きているかを語りはじめた。

三年前に義兄《あに》重正が殺されて程なく、藩主もこの世を去っていた。

当時藩主のそばに仕えていた宗十郎は毒殺を疑ったのだが、証《あかし》を得ることはできなかったという。

そして、わずか八歳だった昭寿丸《しようじゆまる》が跡を継いでいたことに、文左衛門は驚いた。

「では、藩政は」

「江崎の思うがままよ」

昭寿丸が藩主になると、時を同じくして江崎が江戸家老に出世して藩邸に入り、藩の政《まつりごと》のいっさいを牛耳《ぎゆうじ》っているという。

江崎は江戸家老になるや否《いな》や、己に敵対する者から役職を奪い、息のかかった者たちで周りを固めた。

先代藩主のそばに仕えていた宗十郎もお役御免となり、二百石だった俸禄《ほうろく》もわずか三十石に減俸《げんぽう》され、藩邸の長屋で息を詰めて暮らしていたのだ。

「独り身なのが幸いした。三十石でも、食べていけるからな」

笑って言う宗十郎であるが、目の奥には険しい光が宿《やど》っている。

「江崎が藩政を牛耳ってからは、国の民が苦しんでいる。藩の財政立て直しを理由に年貢の率を上げて、厳しい取り立てをしているのだ」

「年貢を厳しくしなければならぬほどの出来事があったのですか」

「いや、何もない。我が藩の財政は、ご先代が亡くなるまでは健全だった。民の豊かさは、国にいたおぬしがよう知っておろう」

「はい。百姓も明るく、飢える者は一人もいませんでした」

「ところが今は違う。昨年だけでも、百姓が大勢飢え死にした。飢饉《ききん》でもないのにだ」

「江崎は何ゆえ、そこまでして年貢を搾《しぼ》り取るのです」

「わたしは、江崎をよしとせぬ者たちと手を結んで探りを入れているのだが、領民から吸い取った金の一部が消えていることがわかっている。だが、その金がどこに流れているのか、まったくわからぬのだ。ご先代の頃から幕閣の誰かと親密にしている噂もあるが、相手が誰かもはっきりせぬ。おぬし、重正から江崎のことを何か聞いておらぬか」

「いえ、何も……」

「おぬし義弟《おとうと》であろう。どのような些細《ささい》なことでもいい。江崎に対する愚痴《ぐち》のひとつも聞いてはおらぬのか」

「わたしは、江崎のことには関わるなと遠ざけられておりましたので」

「可愛い妹の夫であるおぬしを、巻き込みたくなかったのだな。重正らしいが、残念だ」

「お役に立てず、申しわけございません」

「気にするな」

宗十郎は起き上がった。

「いけません。傷口が開きます」

「大丈夫だ。熱が出る前に女の家に行く。介抱《かいほう》してもらうなら、好いた女にしてもらいたいからな」

冗談めかして言うが、本心は、他人の医者宅に江崎の手の者が来ると迷惑になると思っているに違いない。

「無理はいけません。今日一日だけ、ゆっくり養生《ようじょう》してください。ここはわたしがお守りしますので、お刀を拝借」

　宗十郎に有無を言わさず刀をにぎった文左衛門は、権八を呼び、一晩泊まることを告げた。

「静のことを頼みます」

「まかせておくんなさい。左近の旦那がいなされば千人力ですぜ。来られていればの話ですがね。それじゃ、あっしは帰《け》ぇりやす。東洋先生、あとはよろしく」

「気をつけて帰るのだぞ」

　そう言った東洋は、宗十郎の腕に巻いている晒《さらし》に血がにじんでいないか確かめると、ふたたび二人だけにして襖を閉めた。

　隣の部屋で薬作りをしていた東洋であるが、ただならぬ様子の二人の会話は、地獄耳に入っている。

　曲者に斬られたのは不運だが、権八が東洋を頼ったのは、幸運と言えよう。

　東洋は、宇内藩の不穏《ふおん》な動きを左近に知らせるべく筆を執《と》り、女中のおたえに託して、根津の甲府藩邸に届けさせた。

藩邸の自室にいた新見左近は、甲府の領地開拓についての書類に目を通していた。

四

各村長《むらおさ》から上げられた要望は代官《だいかん》を通して甲府城に届けられ、そこから江戸の藩邸に送られてくるのだが、左近は民の思いを直《じか》に知るために、村長の訴えに手を加えることをいっさい禁じている。

ゆえに、領地の様子は手に取るようにわかった。

稲作《いなさく》が少ない甲府では、麦に頼らざるを得ないのだが、近年は豊作に恵まれ、大きな混乱は起きていない。また、藩主導でおこなわれている開拓も順調に進んでいる様子で、書類を読み終えた左近は安堵した。

廊下に人の気配がしたので顔を上げると、側近の間部が現れて片膝をついた。

「殿、西川東洋殿から火急の文《ふみ》が届きました」

「うむ」

渡された文に目を通した左近は、波乱に満ちた坂手文左衛門を気の毒に思い、文を間部に渡した。

押しいただいた間部が、目を通す。

「宇内藩についてはお家騒動が起きているように思えますが、幕閣の誰かと懇意《こんい》な江戸家老が民を苦しめているというのが気になります」

「どう思う」

「宇内藩を調べられるか」

「噂程度のことならば」

「それでよい。文左衛門が気になる。お琴のもとにまいる」

「他藩の揉《も》めごとに巻き込まれますぞ」

間部が釘を刺したが、左近が見て見ぬふりをするはずもない。

「文によりますと、坂手文左衛門は命を狙われている様子。くれぐれもお気をつけください」

「うむ、あとは頼む」

宝刀安綱をにぎった左近は、いつもの着流し姿で浅草にくだった。

花川戸町の裏路地からお琴の家に入ると、居間に静が座り、繕《つくろ》い物をしていた。

静は庭に左近が入ったことに気づいて驚いた顔をしたが、すぐに表情を和《やわ》らげ、縁側に出てきた。

「お世話になっております」

遠慮している様子なので、

「気を使われると困る。おれも居候《いそうろう》のようなものだ」

笑顔で言うと、静も笑みを浮かべた。

声が聞こえたのだろう、およねが店から駆け上がってきた。

「左近様、よかった。文左の旦那とお静さんが大変なんですよう」

「いかがいたしたのだ」

知らぬふりをして訊くと、妙な輩《やから》に命を狙われているので、静を守ってやってくれと言う。

「うちの人が血相を変えて戻ってきて、文左の旦那を助けたお方が斬られたって言うんですよ」

「文左衛門殿は、今どうしている」

「今夜は怪我をした人に付き添って、東洋先生のところに泊まるそうです。大丈夫かしら。襲われたりしないかしら。ねえ左近様」

「東洋先生のところなら心配はいらぬ。静殿、文左衛門殿がいる診療所の先生は、賊を近づけさせる者ではないので大丈夫だ」

「はい」

「文左衛門殿がおらぬのなら、今夜はここに泊まるといい」

「おそれいります」

左近は、あとから来たお琴に目配せをすると、奥の部屋に入った。

程なくお琴が部屋に来たので、左近は言う。

「小五郎たちに目を光らせるよう命じてきたので、安心してくれ」

「はい」

「怪しい者が店をうかがうようなことはなかったか」

「気づきませんでした」

「ならばよい。刺客が近くに潜んでおるやもしれぬ。おれがいない時は、くれぐれも用心してくれ。文左衛門夫婦のことが収まるまで泊めてもらうぞ」

何日かはわからないが、左近がそばにいてくれるだけで嬉しいお琴は、自然に笑みがこぼれた。

「旦那、左近の旦那」

権八の声がしたので、左近はお琴と部屋を出た。庭にいた権八が、安堵の表情で言う。

「旦那、よかった。来ていなすったんですね」

「ああ、たった今な」

「うちのかかあから、話は聞かれましたかい」

「うむ」

「それじゃお静さんは安心だ。でも旦那、文左の旦那が心配です。泊まると言われたんで知らせに戻って、そのあとまた東洋先生のところに行ってみたんですがね、文左の旦那ときたら、襷《たすき》がけなんぞされて闘う気満々でさ。でぇじょうぶでしょうかね。お静さん、旦那はやっとうが得意なので？」

訊かれて、静は困ったような表情を見せた。

早合点《はやがてん》した権八が、やっぱりという顔をする。

「文左の旦那は、人が斬れるお人じゃねえやね」

「いえ、違うのです。主人は三年前、わたくしの兄を襲った曲者を数名斬っております。江崎の手の者が診療所に襲ってくれば、ためらうことなく斬るでしょう。国ならばともかく、ここはお江戸。人を斬れば、主人もただではすみませぬから、心配でなりませぬ」

「江崎と申すは何者だ」

「備中宇内藩の江戸家老で、兄の仇です」

静は、これまでのことを語りはじめた。

兄重正が、江崎の不正を暴《あば》こうとして殺されたことから、人相書きで文左衛門が江戸にいることを知られてしまい、仇討ちを恐れた江崎が、自分たち夫婦の命を狙っていることまで、包み隠さずすべてを話した。

左近は、東洋が知らせてきた内容と照らし合わせ、奥深い何かがあるような気がした。

宇内藩を探らせている間部が何をつかむか。それ次第で、文左衛門と静のゆくべき道が見えてこよう。

「静殿、文左衛門殿を死なせはせぬ。信じてここで待っていてくれ」

「新見様にご迷惑はかけられませぬ」

「よいのだ」

左近は静に言い置くと小五郎の店に足を運び、間部との繋《つな》ぎを取らせた。

間部から知らせが来たのは、翌朝のことだ。

屋根瓦に石が転がる合図を聞いた左近は、浅草寺《せんそうじ》に行き、人気《ひとけ》のないお堂の裏で小五郎と落ち合った。

そこには間部も来ていた。

「何かわかったか」

「はい。宇内藩は先代藩主が亡くなってからというもの、領民に対する仕置きが厳しく、土地を捨てて隣国に逃げる百姓が絶えぬそうです。備中松山藩《まつやまはん》の江戸家老に問い合わせたところ、領内へ逃げてきた百姓は皆、骨と皮しかないほど痩《や》せ衰《おとろ》えていたそうにございます」

「宇内藩に、何が起きているのだ」

「江戸家老が江崎盛実という者に代わった途端に暮らし向きが苦しくなったと、逃げてきた村長が訴えたそうです」

「どのような理由があろうと、民百姓を苦しめているなら許せぬことだ。領内統治の失敗を理由に、改易《かいえき》に追い込むこともできよう。文左衛門と、傷を負っている藩士から直に訊いてみる。ことと次第によっては上様に言上《ごんじょう》して、宇内藩の仕置きをしていただく」

左近は間部と別れ、小五郎と共に東洋の診療所へ足を運んだ。

訪《おとな》いを入れると、出てきた東洋が左近に頭を下げ、困り顔で告げる。

「今朝方、怪我人が姿を消してしまい、坂手殿が連れ戻しに出ております。目が届かず、申しわけございません」

「よい。それより、文左衛門は怪我人の行き先に見当がついておるのか」

「聞きましたところ、赤坂田町五丁目に、おえんと申す女が営む団子屋があるそうで、そこに行ったのではないかと申しておりました」

「小五郎、向かってくれ」

「かしこまりました」

小五郎が行こうとした時、文左衛門が戻ってきた。左近が診療所にいるので驚き、慌てて片膝をつく。

「よせ、文左衛門」

「はは」

文左衛門を立たせた左近は訊いた。

「そなたたちの話は東洋から聞いた。怪我人はどうした」

文左衛門が驚いたので、左近は東洋のことを教えた。

「この先生には、おれも世話になっている。おぬしが宇内藩の家中の者としていた話を聞き、知らせてくれたのだ」

「さようでございましたか」

「して、怪我人は」

「妾宅《しょうたく》に行ったのですが、姿はありませんでした。ひょっとすると、藩邸に戻られたかもしれません。探りを入れると言うておりましたので」

「藩邸に戻っては、命が危ういのではないか」

「そう思い止めたのですが、わたしが厠に立った隙に出ていかれました。これから藩邸に行ってみます。先生、お代を」

「わざわざそのために戻ってこられたか」

「いかほどでしょう」

財布を出す文左衛門の様子を見た左近は、いやな予感がした。

「おぬし、死ぬ気だな」

文左衛門は、目を合わせようとしない。

「早まるな。家中の者が藩邸に帰ったとは限らぬぞ」

「しかし、あのお方は命の恩人。放ってはおけませぬ」

「焦るな。まずは藩邸に戻ったか探りを入れるのだ」

「ご忠告、肝《きも》に銘《めい》じます。わたしは静を置いて死にはしませぬ。では」

文左衛門は財布を東洋に手渡して、左近が止めるのも聞かずに走り去った。

「小五郎、文左衛門を頼む」

「はは」

応じた小五郎が、文左衛門を追っていく。

文左衛門の財布を開けた東洋が、中を見ながら言う。

「まっすぐで、なかなかの好人物ですな。浪人にしておくには惜しいと思うておいでなのでは？」

財布を渡されて、左近は笑みを浮かべた。

「東洋」

「はい」

「余《よ》の胸の内を診るとは、さすがだ」

「おそれいりまする」

東洋は、にやりとした。

五

痛む腕を押さえ、玉の汗を額《ひたい》から流しつつ道を歩んでいた宗十郎は、妾宅でも藩邸でもなく、江崎に反旗《はんき》をひるがえす同志が隠れ家にしている、赤坂の社《やしろ》へ向かっていた。

社は、おえんの店にほど近い場所にあり、地元の者が大切にしているのだが、普段は神職もおらず、本殿横の神輿蔵《みこしぐら》は格好の隠れ家になっていた。

宗十郎はここに、藩の金の流れを調べて記した帳面を隠していた。

江崎を失脚させるには、証となる物がまだまだ足りない。

だが、文左衛門に味方して江崎の手の者を傷つけた今となっては、藩邸に戻れば命はない。

江崎の不正を暴き、領民を救うにはどうすればいいか考えた末に出した答えは、密《ひそ》かに国許《くにもと》へ帰り、年貢米の一部がどこに流れているのか、一から探ることだった。

宗十郎は、床下から帳面と矢立《やたて》を取り出して、国へ帰ることを記して同志への置き手紙にした。

必ず江崎の不正の証を手に入れて戻るので、それまで命を粗末にせず、皆で待っていてもらいたい。

そう締めくくると、元の場所に戻して外に出た。

今日も社は静かだった。

半月前に来た時は大銀杏《おおいちょう》の枯れ葉が境内《けいだい》を覆《おお》い尽くしていたが、町の者たちが掃除をしたらしく、清められていた。

本殿に向かって手を合わせ、旅の無事を祈った宗十郎は、町へ戻るべくきびすを返した。

宗十郎が二の鳥居から出た時、境内の奥にある銀杏の大木の陰から姿をうかがう者がいた。

黒塗りの笠を着け、黒染《くろぞめ》の着物と袴に、黒い袖《そで》なしの羽織。全身黒ずくめの三十男は、江崎が呼び戻した玄四郎だ。

宗十郎に刺すような眼差しを向けていた玄四郎が、片手を挙げて背後に合図すると、裏の杜《もり》から免田らが出てきた。二人の若侍が猿ぐつわを嚙《か》まされ、縄をかけられている。

捕らえられている若侍たちは、宗十郎と志《こころざし》をひとつにする藩士だ。

宗十郎が戻ってこないのを案じてこの社に何度か足を運んでいるうちに、玄四郎に怪しまれ捕まってしまった。

この場で縛り上げ、拷問《ごうもん》をはじめようとしていたところへ宗十郎が現れたので、隠れて様子をうかがっていたのだ。

免田の配下が宗十郎の跡をつけるべく、境内から出ていく。

「床下を調べろ」

玄四郎の命に応じて神輿蔵に入った配下が、帳面を持って出てきた。

それを見て、捕らえられている藩士たちが悔しげな声をあげて抗《あらが》ったが、免田が馬の鞭《むち》で打ち据《す》えて黙らせた。

目を通した玄四郎が、免田に渡す。

「ご家老への土産《みやげ》だ」

受け取って目を通した免田が、ほくそ笑む。

「ご丁寧《ていねい》に血判まで押してある。これで、ご家老に歯向かう者を根絶《ねだ》やしにできる。玄四郎殿、宗十郎を国へ行かせてはなりませぬぞ」

「ふん」

玄四郎は鼻先で笑い、

「言われなくてもわかっておる。その者どもを始末しておけ」

命じると、社をあとにした。

赤坂田町五丁目にある旅籠《はたご》の二階に潜んでいた宗十郎は、おえんが店の暖簾《のれん》をしまって表の戸締まりをする様子を眼下に見ていた。日がとっぷり暮れるのを待って下に降りると、追っ手を警戒して裏から出た。

通りに抜かりなく目を配りつつ道を渡り、おえんの店には裏から忍び込んだ。

台所で夕餉の支度をしていたおえんが気づいて、目を丸くした。

「宗十郎様」

宗十郎は、黙っておえんを抱き寄せた。

「そのお姿はどうなさったのです。怪我をされたのですか」

「かすり傷だ。今日から当分会えぬので、顔を見に来た」

「江戸を出られるのですか」

「うむ」

「離れるのはいやです。連れていってください」

「命がけの旅ゆえだめだ」

「いや、離れるのはいや」

宗十郎は愛する女を抱きしめて、唇《くちびる》を重ねた。

「生きて戻った時は、わたしの妻になってくれ」

「でも、亡くなられた奥方様のこと……」

「ことがすめば、わたしはお前と生きていきたいと思っていたのだ」

「ほんとう？」

「ああ、だから待っていてくれ」

突然の申し出に、おえんは喜びの涙を流しながら宗十郎の胸に抱かれた。

宗十郎の背後に迫る黒い人影に気づいたおえんが、声をあげようとした刹那《せつな》、宗十郎の背中から刃《やいば》が突き入れられた。

「ぐあっ！」

音もなく迫って襲ったのは、玄四郎だ。

大刀の鍔《つば》が宗十郎の背中に当たるまで深々と突き入れた玄四郎が、目を見開き、声も出なくなっている女の顔を冷めた眼差しで見つつ、刃を引き抜いた。

抱き合ったまま串刺《くしざ》しにされた宗十郎とおえんが、もつれるように倒れる。

動かぬ二人に見くだすような目を向けた玄四郎は、血振《ちぶ》りをした刀を鞘に納め、静かに立ち去った。

息を吹き返した宗十郎が、目を開けたままのおえんを揺さぶる。

おえんは、心の臓を貫《つらぬ》かれて即死していた。

「お、おえん、ま、待っておれ、今、助けてやる……」

宗十郎は愛する女の死を受け入れられず、助けを求めるべく己の身体を引きずりながら表に向かった。とめどなく流れる血を土間に残しながら、力を振り絞《しぼ》って戸口まで這《は》い出た宗十郎の姿に、夜道を歩いていた男女が悲鳴をあげた。

あたりは騒然となり、宗十郎を捜しに赤坂田町へ来ていた文左衛門の耳にも届いた。

「団子屋で人殺しだとよ！」

誰かの声にはっとした文左衛門は、血相を変えて走った。

人だかりをかき分けて行くと、戸口から上半身を出してうつ伏せになっている宗十郎を見つけて、文左衛門は抱き起こした。

「宗十郎様！　宗十郎様！」

大声を張り上げると、宗十郎が薄目を開けた。

「ぶ、文左衛門、た、頼みが、ある……」

「言ってください」

消え入るような声に、文左衛門が耳を近づける。

「と、東叡山《とうえいざん》の麓《ふもと》の、よ、陽泉寺《ようせんじ》に、ご先代の忘れ形見が……」

宗十郎は苦しみに呻いたが、文左衛門の胸ぐらをつかみ、声を振り絞った。

「た、頼む……お命を、守ってくれ。く、うう……」

「宗十郎様、しっかりしてください。そのお方の名をお教えください」

もはや虫の息だった宗十郎は、円光《えんこう》という名を言い残して、力尽きた。

「宗十郎様……」

文左衛門は、恩人の命を救えなかった悔しさに呻いた。

骸《むくろ》を抱いて泣く文左衛門の姿を見ていた小五郎は、命を狙う者がいないか、周囲に気を配った。すると、全身黒ずくめの怪しい男が野次馬の後ろにいることに気づいた。

油断なく見ていると、その者は小五郎の視線に気づき、足早に立ち去る。

小五郎は跡をつけようとしたのだが、野次馬をかき分けて通りに出た時には、姿が見えなくなっていた。

文左衛門のもとへ駆け戻り、背中に手を当てて促す。

「怪しい者が見ていた。ここから去ったほうがよい」

小声で告げたあと、文左衛門の手を引いて立たせ、その場を去った。

文左衛門は骸を置いていくのをためらったが、小五郎は許さなかった。ぐずぐずしていると敵に囲まれ、逃げ場をなくすからだ。

追っ手を警戒しつつ小五郎が向かったのは、左近がいるお琴の店ではなく、谷中のぼろ屋敷だった。そこには配下の甲州忍者が詰めており、小五郎の帰りを待っているのだ。

夜道を急ぎながら、小五郎が文左衛門に言う。

「我が殿が、必ずお助けくださる。これからは、逃げずに悪に立ち向かえ」

宗十郎から先代藩主の忘れ形見の存在を教えられ、その命を託されていた文左衛門は、力強くうなずいた。

この時にはすでに、宗十郎と義兄《あに》重正の無念を晴らすために、江崎に立ち向かうことを決意していたのだった。

第四話　人斬り純情剣

一

翌日、小五郎から宗十郎の死を知らされた左近は、谷中のぼろ屋敷に足を運んだ。

屋敷を守る甲州の忍びたちが、左近に頭を下げる。その中の一人に文左衛門の様子を尋ねると、食事もとらず、部屋に籠《こ》もったままだという。

左近は座敷に上がり、文左衛門がいる客間に行った。

気づいた文左衛門が、神妙な顔で平身低頭《へいしんていとう》する。

左近は面《おもて》を上げさせ、膝《ひざ》を突き合わせて座った。

「静殿のことは案ずるな。手の者に守らせている」

「おそれいりまする」

「己を責めてはならぬぞ」

文左衛門は、辛《つら》そうに首を横に振る。

「わたしを助けたばっかりに、宗十郎様は殺されたのです。江崎に住処《すみか》を知られた時に、江戸を出ておくべきでした」

「その江崎と申す江戸家老だが、仇討《あだう》ちを恐れての襲撃ではないように思える。他に何か、命を狙われる理由があるのではないか」

思い当たることがないのだろう、文左衛門は難しい顔で首をかしげている。

「江崎の不正について、義兄《あに》から何も聞いておらぬのか」

「はい、何も……。義兄と宗十郎様のために江崎を倒したいと思いますが、陪臣《ばいしん》だったわたしは、藩のことよりも、関戸家を守ることばかりを考えておりましたので、何が起きているのかまったくわからないのです。ご先代の忘れ形見が存命のことさえ、知りませんでした」

円光のことと、その命を守ることを宗十郎から託されたと聞いた左近は、先代藩主のことを思う。

「道貴《みちたか》殿はよきお方だった。ご継室《けいしつ》のお栄《えい》の方《かた》に子ができたと喜んでおられたのを覚えているが、外に子がおられたとは」

「どのような経緯《いきさつ》で出家されたのかはわかりませぬが、これから寺に行き、お会いしてみようと思います」

「では、おれも行こう」

「甲州様に足をお運びいただくわけにはまいりませぬ」

「そう言うな。他家のことだが、罪のない民百姓が苦しめられていると知っては放ってはおけぬ。そなたのこともな」

「甲州様……」

左近の温かい人柄に触れて、文左衛門が洟《はな》をすする。

「まいろうぞ」

左近は安綱をにぎって立ち上がり、文左衛門を促《うなが》して外に出た。

谷中から東叡山の麓《ふもと》にある陽泉寺までは、歩いて四半刻《しはんとき》（約三十分）もかからぬ近さだ。周囲を金杉村《かなすぎむら》の田畑に囲まれた静かな場所にある寺の敷地は、目立って大きい。

町人や百姓に化けている小五郎の配下たちに守られながら寺に行った左近は、応対した小坊主に円光に会いたいと告げた。

だが、待たされていた本堂に現れたのは、住職の昭光和尚《しょうこうおしょう》だった。

昭光には、総髪《そうはつ》を短く束《たば》ねた三十代と思《おぼ》しき寺小姓《てらこしょう》が付き添っていたが、仕

草に隙《すき》はなく、

（かなりの遣《つか》い手《て》）

と、左近は見抜いた。

金箔《きんぱく》を施《ほどこ》された見事な仏像が祀《まつ》られた内陣《ないじん》を背にして座った昭光と寺小姓が、浪人風の左近と文左衛門にいぶかしげな目を向けてくる。

「まずは、お名前を」

昭光に問われて、左近が口を開いた。

「新見左近と申す」

「坂手文左衛門にござる」

身分を隠しているので、見くだすような目を向けられた。

「円光殿に、なんのご用かな」

文左衛門が答えようとしたので、左近が止めた。

「大事なことゆえ、本人に直《じか》に伝えたい。会わせてもらえぬか」

「まずは、拙僧が承《うけたまわ》ることになってござる」

「さようか」

言った左近が、右に置いていた安綱を左に置き換え、昭光を見据《みす》えた。

「円光殿のお命を頂戴《ちようだい》つかまつる」

「なっ！」

驚く昭光の横で寺小姓が鋭い殺気を放つと共に、腰に帯《お》びている小太刀《こだち》に手をかけた。

左近は、寺小姓を目で制しながら言う。

「なるほど、さすがは道貴殿。我が子の命を守るために、ここへ出家させたか」

先代藩主をそのように言う左近に、寺小姓がいぶかしげな顔をする。

左近は表情を和《やわ》らげて告げる。

「案ずるな、そなたらを確かめただけだ。円光殿の命は取らぬ」

昭光が応じる。

「お人が悪うございますぞ。ご先代とは親しいお方とお見受けしますが、身分がおありならば、どうか隠さずにお教えくだされ」

「ただのお節介《せつかい》焼きだ」

「な、なんと申されます」

「和尚、騙《だま》されてはなりませぬぞ」

円光と会わせた途端に斬る気だと言う寺小姓に、左近は腰から脇差をはずし、安綱と共に差し出した。

油断のない目を向ける寺小姓に、左近はふたたび表情を和らげて言う。

「受け取らぬのか」

寺小姓は、本堂の入口に控えている小僧に顔を向けて顎《あご》を引く。

戸惑いがちに歩み寄った小僧が、左近から刀を受け取り、元の場所に下がった。

「わたしも預けよう」

文左衛門が言い、先ほどの小僧に取りに来させた。

これを見て、寺小姓はようやく気を許し、先代藩主を知っていることを匂わせた左近に名を名乗った。

「拙者、元宇内藩馬廻役《うままわりやく》、栗原晋三《くりはらしんぞう》と申す」

藩主の警固《けいご》役である馬廻を務めていた者が、円光に付き従っていた。

左近は二人に訊《き》いた。

「円光殿は道貴殿とは親子だと聞いたが、何ゆえ出家なされた」

すると栗原が探る目を向けた。

「見ず知らずの者が、何ゆえ他家のことに口を出される」

「宇内藩にゆかりがある文左衛門の命を救いたいと思ううちに、円光殿のことを知り、この寺に来ることになったのだ。江戸家老の不正を正そうとして命を落とした者が、文左衛門に円光殿の命を託したのでな」

栗原が驚きの表情で文左衛門を見た。

文左衛門が両手をつく。

「どうか、円光様にお取り次ぎを願いまする。直にお伝えしたきことがございます」

「命を落としたのは誰だ」

「大橋宗十郎様です」

「なんと……偽《いつわ》りではあるまいな」

「ございませぬ」

「あいわかった。今お呼びいたす」

栗原は文左衛門に言い、左近に頭を下げて本堂を出ようとしたのだが、昭光が引き止めた。

「新見様、庭に茶室がございますので、円光殿に茶など点《た》てていただくというのはいかがでございましょう」

気遣いに応じた左近がうなずき、しばしのあいだ、茶室の支度が整うのを本堂で待った。

小坊主が案内に来たので、左近は文左衛門と二人で茶室に行った。

中に入ると、湯気が上がる茶釜《ちゃがま》の前に、墨染《すみぞめ》の袈裟《けさ》をまとった若い僧侶が座っており、平身低頭して左近を迎えた。

「円光でございます」

「うむ、お手をお上げくだされ」

鼻筋が通り、高貴な面立《おもだ》ちをしている若者は、どことなく先代道貴侯の面影《おもかげ》がある。

円光には、栗原ともう一人、住岡《すみおか》と名乗った男が付き添っている。

左近に頭を下げた住岡も、円光を守る忠臣だ。

文左衛門が畳に両手をつき、頭を下げて言う。

「円光様。大橋宗十郎様が、江崎の手の者に殺されました」

「栗原から聞きました」

円光が悲しげに目をつむる。

「宗十郎は、どのような最期でしたか」

「息絶《いきた》えるまで、あなた様のことを案じておられました」

た。

「さようですか」

数珠《じゅず》を持ち、手を合わせて瞑目《めいもく》を終えた円光は、茶釜に向き、静かに茶を点てた。

所作《しょさ》は優雅で美しく、茶人としての腕は相当なものである。

差し出された茶は円光の人柄が表れるように、ほのかな甘さがあった。

「結構なお点前《てまえ》でござる」

左近が茶碗を置くと、引き取った円光が訊く。

「失礼ですが、新見様は、父とはどのようなお関わりでございますか」

「以前に、二、三度言葉を交《か》わしたのみだが、若輩者《じゃくはいもの》にも気さくに接してくだされたゆえ、身罷《みまか》られたと聞いて驚いている」

「なるほど」

円光は口には出さぬが、左近が身分ある人物だと見抜いたようだ。栗原から伝えられていた左近の問いに答えるべく、口を開いた。

「わたしがこの寺に預けられましたのは、母が身分の低い者ゆえでございます」

「では、藩邸で暮らしていたのではないのか」

「短いあいだですが、上屋敷におりました。幼《おさな》い頃は、母と二人で金杉村の別宅で暮らしておりましたが、お世継ぎに恵まれぬままご正室がお亡くなりになられたのを機に、父はわたしを世継ぎにすると申され、上屋敷にお呼びくださったのです。ですが、二年ほど経《た》った時、後添いとして入られたお栄の方様が男児をお産みになられ、わたしの立場は変わったのです」

「世継ぎの話を、反故《ほご》にされたと」

「お栄の方様は由緒《ゆいしょ》あるお家柄から嫁《とつ》がれましたので、百姓の出である母とわたしに居場所はございません。それでも父は、わたしを世継ぎにされようとしたのですが、藩の重役たちに反対されたのです」

「それで、出家をされたか」

「当時、弟を世継ぎに望んでいた重役の中には勇《いさ》ましい者もおりましたので、父はわたしの命を危ぶまれたのでしょう」

「ご母堂《ぼどう》は、いかがされておる」

「この寺で共に暮らしておりましたが、半年前に病《やまい》で亡くなりました」

「それは寂しいことであるな」

「お気遣い、おそれいりまする」

「出家しているそなたが、何ゆえ命を狙われるのだ」

「そのことでございます。ここにいる栗原と住岡は、父が亡くなってからというもの、わたしの命を危ぶんで警戒を解きませぬが、お家は弟昭寿丸が継いでいるのですから、命を狙われるはずがございませぬ。これまで一度も曲者《くせもの》は来ておりませぬので、わたしなどについておらず、藩に戻るよう言うておるのですが、聞きませぬ」

左近が目を向けると、栗原と住岡は目を伏せ、口を引き結んでいる。

どうやら、藩の実情を告げていないようだ。民百姓が苦しんでいると知れば、円光が悲しむと思っているのだろう。

こころ優しい道貴侯に似た気性が、円光の表情に出ている。

文左衛門が栗原に訊く。

「拙者は、宗十郎様から円光様のお命を守るよう言われました。江崎にお命を狙われているのですか」

栗原は答えるかわりに、険しい顔を向けた。

「文左衛門と申したな」

「はい」

「初めて聞く名だが、国許《くにもと》から出てこられたのか」

「これは申し遅れました。わたしは宇内藩の直臣《じきしん》ではございませぬ。三年前に横《おう》死《し》した、関戸重正様にお仕《つか》えしておりました」

「何っ！　重正殿の家来だと！」

栗原と住岡が色めき立つ。

「まことか。まことに、重正殿の家来か」

詰め寄る住岡に、文左衛門はうなずいた。

「さようでございます」

「なるほど、それで宗十郎がおぬしに若君を託したわけがわかった。重正殿から江崎の不正を証《あか》す品を預かっておろう。それを出してくれ」

唐突《とうとつ》に言われて、文左衛門は戸惑った顔をしている。

「いったい、なんのことでしょうか。わたしは、証《あかし》の品など受け取っておりません。旦那様には、藩のことは忘れて国を出ろと遺言され、今日まで生きてきたのです」

「そんなはずはない。何か預かっているはずだ」

迫る栗原に、文左衛門は困惑している。

「お教えください。旦那様は、いったい何を持っておられたのですか」

栗原が落胆して言う。

「重正殿から文《ふみ》を受け取っていたのだ。江崎の悪事の証をつかんだので、殿がお国に戻られるのを待つと。重正殿はその証を持って殿に直訴《じきそ》し、江崎を失脚させるつもりでおられたが、その矢先に、お命を……」

「江崎がそのことを察知し、夜討《ようう》ちをかけたのですね」

「そういうことだ」

「わたしは旦那様が命を落とされたあと、すぐに国を出ました。江崎は屋敷に踏み込み、証の品を奪っているはず。わたしと妻の命を狙うのは、仇討ちを恐れてのことではないかと」

肩を落とす栗原と住岡。

円光は藩の揉《も》めごとを憂《うれ》い、沈痛《ちんつう》な面持《おもも》ちをしている。

黙って聞いていた左近は、皆に言う。

「江戸家老が文左衛門と静殿を亡き者にせんとするのは、重正殿がつかんでいた証を、手に入れておらぬからではないのか」

円光がうなずく。

「文左衛門、もう一度、三年前のことを思い出してみよ。重正殿から何も託されておらぬか」

「義兄《あに》は亡くなられる前、藩のことは忘れて生きよと申され、妹君をわたしに託されました。命尽きるまで、わたしたち夫婦のことを案じてくださったのです。命を狙われる火種《ひだね》になる物は、何ひとつ託されておりません」

栗原が悔しげに膝を打った。

「宗十郎が殺された今となっては、もはや江崎を追い落とす力を持つ者はおらぬ。これまでにござる」

住岡が膝を転じる。

「文左衛門が証の品を持っていないとなると、江崎が次に恐れるのは、ご先代の血を引かれる若君のみ。江戸から逃げましょう」

「そこがわからぬ。昭寿丸が当主となっているというのに、何ゆえわたしの命を狙うのだ。まさか、昭寿丸とわたしを亡き者にいたし、藩を乗っ取るつもりか」

「何をたくらんでいるかはわかりませぬが、重正殿が重大な証をつかんでいたのは確かなことです。ともかく、御身《おんみ》をお隠しください」

栗原の言葉に、円光はため息をついた。

「わたしは御仏《みほとけ》に仕える者。寺を出るつもりはない」

「若君」

焦《あせ》る住岡が説得しようとしたが、円光は聞かなかった。

頑《かたく》なな円光に、文左衛門が涙ながらに訴える。

「どうか、お隠れになってください。あなた様に何かあれば、宗十郎様が浮かばれませぬ。どうか……」

両手をつき、額《ひたい》を畳に擦《こす》りつけて必死に願う文左衛門を見て、円光が言う。

「わたしが寺から出ると申せば、栗原と住岡に苦労させることになる」

「構いませぬ」

「それがしとて同じ」

付き従う決心をしている栗原と住岡が、円光に決断を迫った。

「若君、我らと共にお逃げください」

「若君」

だが、円光は寺を出ることを拒《こば》んだ。

左近は、そんな円光を案じて申し出た。

「円光殿、おれと共にまいらぬか。見事な茶を、今一度所望《しょもう》したい」

栗原が顔を向けて訊く。

「新見殿、ご身分がおありならお教えください」

「ただの居候《いそうろう》だ。それゆえ江戸家老の目も及ばぬと思うが、どうだ、円光殿」

「お気遣い、おそれいりまする。ですが、この寺には身を隠すには格好の場所がございます。江崎の手の者がまいってもそうそうは見つかりませぬので、そこに籠もり、命を落とした者の供養《くよう》をして過ごしたいと思います」

住岡が焦りの色を濃くして言う。

「若君、まさか、土蔵に入られるおつもりですか」

「うむ」

「おやめください！」

「どのようなところなのだ」

左近の問いに、栗原が答えた。

「修行のために、ひと月ほど籠もることができる土蔵でございますが、築山《つきやま》に埋められており、ひとつしかない出入り口は狭く、奥には空気と水と食べ物を入れる小さな穴があるのみ。見つかれば逃げ場がございませぬ」

「出入り口は土で隠すのだから、見つかりはせぬ」

なおも寺を出ることを拒む円光に、左近が告げる。

「円光殿。皆の命を案じて隠れるつもりなのだろうが、こうしているあいだも、国許では民が苦しんでいる」

円光は目を丸くした。

「なんと申されます。民が苦しんでいるですと」

「うむ。宗十郎殿から何も聞いておらぬのか」

「何も……。お前たちは知っていたのか」

栗原と住岡は、ばつが悪そうにうなずいた。

左近が続ける。

「気を揉まぬよう黙っておったのだろうが、ここは一刻も早く、藩に巣くう悪の根を断《た》つことが、皆を救うことになるとは思わぬか、円光殿」

「されど、今のわたしにできることは、祈ることのみ。この身を仏に捧《ささ》げて、領民に安寧《あんねい》が戻るよう尽くします」

「即身仏《そくしんぶつ》になると申すか」

円光は笑みを浮かべて、頭を下げた。

「若君、なりませぬ」

「栗原、藩邸にさよう伝えよ。さすれば、江崎はこの寺には手を出さぬ」

「しかし……」

「よいな」

円光は命じて、袈裟の袂《たもと》から護符《ごふ》を取り出し、文左衛門の前に置いた。

「これは、厄除《やくよ》けのお守りだ。持っていきなさい。亡き重正殿の遺言を守り、末永く生きよ」

「何もお力になれず、申しわけございませぬ」

悔し涙を流して両手をついた文左衛門は、置かれた護符に目をとめ、はっとした顔を上げた。

「まさか、いや、そんなはずは……」

「いかがした」

左近が訊くと、文左衛門は、重正が子宝に恵まれるありがたい物だと言って静に渡したお札があることを教えた。

「もしや、その中に」

左近がうなずく。

「急ぎ戻り、調べてみよう」

「はは」

「円光殿、土蔵に籠もるのはよいが死んではならぬ。沙汰《さた》を待っておられよ」

左近が、栗原と住岡に円光を守るよう告げると、栗原が立ち上がった。

「それがしは藩邸に戻り、若君が即身仏になられると吹聴《ふいちよう》してまいります。江崎が油断しているあいだに、証拠の品を持ってきてください。若君に、江崎を罰していただきます」

「あいわかり申した」

文左衛門が静のもとへ急いだので、左近も共に向かった。

二

花川戸町へ戻ってみると、三島屋の前で客と話していたお琴が慌《あわ》てた様子だったので、左近は立ち止まった。

「お琴、いかがしたのだ」

「左近様」

お琴が駆け寄って言う。

「たった今、お静さんと文左衛門さんの長屋に泥棒が入りました。長屋の人が物音に気づいて大声を出したら、逃げたそうです」

「静殿は無事か」

「はい。家の中におられます」

「小五郎は」

「泥棒を追っていかれました」

「さようか。文左衛門、盗まれた物がないか確かめてくれ」

「はい」

二人は長屋に走った。

路地には長屋の連中とおよねがいて、左近たちを見るや大声をあげた。

「左近様、文左の旦那、大変ですよう！」

「お琴から聞いた」

先に駆け込む文左衛門に続いて中に入ってみると、部屋は荒らされ、畳までひっくり返されていた。

文左衛門が土足のまま上がって、神棚《かみだな》に手を伸ばす。

「……ない。やられました」

悲痛な顔をする文左衛門が、畳をどけて落ちていないか捜しはじめた。

左近は戸口にいるおよねに訊く。

「賊の姿を見た者はいないか」

「いますよ。富造《とみぞう》さん！」

「おう！」

壮年の男が住人のあいだから顔をのぞかせた。

富造は長屋に入ってすぐの部屋に暮らす蜆《しじみ》売《う》りだが、生類憐みの新法のせいで稼げなくなり、小料理屋で働く女房のわずかな給金をあてにして、一日中部屋に残っている者だ。

何もしないのは気が引けるというので、家事に精を出しているのだが、今日はたまたま屋根に上がって雨漏りを直していたという。

富造が、腰に手を当てて顔をしかめながら言う。

「見かけねえ男が路地に入ってきて、きょろきょろしながら奥へ行くもんだから、怪《あや》しいと思って見ていたのさ。そしたら、文左衛門の旦那の留守宅の裏に回ったもんだから、慌てて下りようとしたらこのざまだ」

裏の屋根にかけていた梯子《はしご》を踏みはずして落ち、腰と腕を痛めていた。

痛む腰でなんとか部屋の前に行くと、中から物音がしていたので大声をあげたところ、泥棒が表の戸を蹴破って出てきたので、皆で取り押さえようとしたのだが、まんまと逃げられてしまったという。

「おれは腰を痛めちまっていたし、長屋の女房たちのか弱い力じゃどうにもならず、振り切って逃げやがった。煮売り屋の小五郎さんが追っているらしいが……相手は侍だ。大丈夫かね」

富造は腰をさすりながら、不安そうに木戸の先に目をやった。


この時、騒ぎに気づいて追いかけていた小五郎は、袋小路《ふくろこうじ》に逃げ込んだ賊が馬に乗ろうとしたところへ追いつき、対峙《たいじ》していた。

「盗んだ物を返してもらおうか」

小五郎が言うと、編笠《あみがさ》を着けて顔を隠している侍が鯉口《こいぐち》を切る。

「何者だ、貴様」

侍が問うので、小五郎が苦笑いで応じる。

「それはこちらが訊くことだ」

「むんっ」

しゃべらせて隙を作り、抜く手も見せぬ抜刀術《ばっとうじゅつ》をもって斬りかかったが、小五郎は跳びすさってかわし、二《に》の太刀《たち》で袈裟懸《けさが》けに斬りかかる相手の手首をつかんでひねり倒した。

　すると、侍の懐《ふところ》からお札が落ちた。

　侍は慌ててつかみ取ろうとしたが、小五郎が先に手を伸ばす。

「おのれ！」

　奪い返そうとする侍の鳩尾《みぞおち》に当て身を食らわすと、敵は白目をむいて気絶した。

　小五郎は侍をうつ伏せにして腕を取って捕縛《ほばく》し、活《かつ》を入れて起こした。

「立て」

　命じると、侍は観念したようにうな垂れて従った。

　背中を押して長屋に帰ると、左近と文左衛門が待っていた。


　左近は、小五郎に目顔でよくやったとうなずき、

「大将、お手柄だな」

　煮売り屋のあるじに対する口調で接した。

「こいつが盗んだのは、これではないですか」

　小五郎がお札を見せると、文左衛門が飛びつくようにしてつかみ取った。

「これです。助かりました」

「それじゃわたしは、こいつを自身番に突き出しますんで」

「頼むぞ」

左近にうなずいた小五郎が、長屋の連中から称賛《しょうさん》の声を浴びながら路地から出た。向かったのは自身番ではなく、谷中のぼろ屋敷だ。そこで男を尋問《じんもん》し、素《す》性《じょう》を暴《あば》くためである。

左近は文左衛門を促して、お琴の家に行った。

「お前様、ご無事で」

文左衛門の顔を見るなり、静が涙を流した。生きていることは小五郎から聞いていたが、不安で仕方なかったのだろう。

そこへ、およねが姿を見せた。

「他に盗《と》られた物はないのかい。よく確かめておいたほうがいいよ」

文左衛門が笑みで首を横に振る。

「盗まれるような物はないので大丈夫ですよ。心配をかけてすまなかった」

「それにしても妙なお侍だね。お札を盗むなんて、罰当《ばちあ》たりもいいとこだよ」

「盗みに入って何もなかったので、腹いせに持っていったのでしょう」

文左衛門がごまかすと、およねは憤慨して鼻息を荒くした。

　左近はお琴に、およねを遠ざけるよう目顔を向ける。

　応じたお琴が、およねに店に戻ろうと声をかけて客間から連れて出ると、障子を閉めた。

「文左衛門、お札を」

「承知いたしました」

　左近に対する文左衛門の態度に、静が驚いた様子だ。

　気づいた文左衛門が、左近に問う顔を向ける。

　左近が黙ってうなずくと、応じた文左衛門が静に真剣な表情で打ち明けた。

「静、驚かずに聞いてくれ。このお方は、甲府藩主、徳川綱豊様だ。将軍家お血筋のお殿様なのだ」

　目を見張った静が、慌てて両手をついた。

「権八夫婦は知らぬことゆえ、内緒にしておいてくれ」

「はい」

「ところで静殿、そなたが兄から受け取ったお札を検《あらた》めたいのだが、よいか」

　静が驚いた顔を上げた。兄重正から渡された時、封を解けばご利益《りやく》がなくなるときつく言いつけられていたからだ。

「おそれながら、何ゆえでございましょうか」

「文左衛門」

「はは」

文左衛門が静に言う。

「義兄上《あにうえ》は、江崎を失脚に追い込める不正の証をつかんでおられたようなのだ。亡き殿が国許へ戻られた時にお渡しし、殿に江崎を罰していただこうと待っておられた矢先に襲われた。国を捨てた我らの命を狙うは、仇討ちを恐れたからではない。我らが、義兄上から証拠となりうる品を受け取っていると思うているからだ」

静は信じられないという顔で、お札を見た。

「それが、このお札……。今思えば、子宝に恵まれたあかつきにはお札を返せと申された時の兄上は、いつになく厳しいお顔をされていました。決して粗末にするなと」

「開けるぞ、よいな、静」

静は文左衛門にうなずいた。

文左衛門が封印を解き、社《やしろ》の名が記された表紙《おもてがみ》をはずした。

子宝祈願の文言が記された札は確かに入っていたのだが、それと一緒に、一通の手紙が隠されていた。

開いて目を通した文左衛門の顔が、見る間に驚愕《きようがく》のものに変わった。震える手で左近に差し出したので、受け取って一読する。

思わぬことに、左近は困惑した。

「これは、藩の存亡《そんぼう》に関わることだ」

「甲州様、まことのことでございましょうか」

「おそらく本物であろうが、確かめる必要がある。この文は預かる。ここで待っておれ」

左近が谷中のぼろ屋敷に行こうとした時、文左衛門が両手をついた。

「どうか、わたしと静をお連れください。長屋に江崎の手が伸びましたので、ここにいては、お琴様にどのような災《わざわ》いが及ぶかわかりませぬ。先ほどの者が戻らぬと知れば、江崎は死に物狂いで襲ってきましょう。お琴様がかすり傷ひとつでも負われることになれば、わたしたち夫婦は、生きてゆけませぬ」

「そこまで申すか、文左衛門」

文左衛門は、決意を込めた目を向けた。

「あいわかった。共にまいれ」

「はは。静、義兄上の仇《かたき》を討つ時が来た。まいるぞ」

「はい」

静は覚悟を決めた顔でうなずき、立ち上がった。

左近たちが裏木戸から外に出て程なく、茶菓《さか》を持ってきたお琴が襖《ふすま》を開けて、誰もいないことに驚いた。

心配顔で廊下に出たお琴の前にかえでが現れ、左近が文左衛門夫婦と谷中の屋敷に向かったことを教えた。

由々《ゆゆ》しき事態に左近が関わるのは、いつものことだ。

「そうでしたか」

「では」

頭を下げ、音もなく去るかえでを見送ったお琴は、ただただ皆の無事を祈ることしかできない己の無力さに、顔をうつむけた。

「おかみさん、お客さんがお呼びです」

およねの声に顔を上げたお琴は、努めて明るい声で応じて、店に戻った。

左近が谷中のぼろ屋敷に到着する頃には、鉛色《なまりいろ》の空から冷たい雨が落ちはじめた。

門は小五郎の配下二人が守っていて、左近を見るや頭を下げた。

「静殿を客間にお通しして守れ」

「はは」

応じた忍びの者が、静を案内する。

左近は文左衛門を連れて、囲炉裏《いろり》がある居間に上がった。

すぐに小五郎が現れ、左近の前で片膝をつく。

「何かわかったか」

「しぶとい奴で、誰の差し金か申しませぬ」

「まあよい、縛りつけておけ。それより小五郎、これを破られる前に捕らえたのは、お手柄であったぞ。江崎が文左衛門夫婦の命を狙うは、これが表に出るのを恐れたからだ」

左近が文を見せると、一読した小五郎が鋭い目をして言う。

「若年寄《わかどしより》、外谷土佐守《そとがやとさのかみ》といえば、名君と誉《ほま》れ高い人物のはず」

「その裏では他藩の領民を苦しめ、己の欲のままに生きる外道だ。まことであれば、許すわけにはいかぬ。土佐守を探れ」

「承知しました」

小五郎が応じて立ち去ると、廊下に控えていた忍びの者が付き従い、ぼろ屋敷から出た。

三

外谷土佐守の屋敷は、西ノ丸下《にしのまるした》の日比谷堀《ひびやぼり》沿いにある。石高は二万五千石で、上屋敷の敷地は四千坪余り。他の若年寄となんら差はなく、御殿はむしろ質素な造りだ。

領民を大切にする殿様だと世間に知れ渡っており、美濃《みの》の領民は、土佐守のことを生き仏《いきぼとけ》のように崇《あが》めている。

小五郎は、左近から手紙を見せられた時は信じがたい気がして内心驚いたが、抜かりなく屋敷に忍び込み、様子を探った。

表御殿の一室にいた外谷は、狡猾《こうかつ》そうな顔を家老と思しき初老の侍に向け、何やらひそひそ話をしている。

「大善《だいぜん》、金蔵の蓄《たくわ》えは十分なのであろうな」

「はい。殿のおかげで、借財もすべて返し終わりましたので、あとは貯まるばかりです」

「よいことじゃ。二度と借財をするでないぞ」

「はは」

「そちを呼んだのは他でもない。来年は、年貢の率を下げてやろうと思うがどうじゃ」

「むっ、年貢を下げるのでございますか。何ゆえに」

「決まっておろう。領民どもが喜べば、わしの名声が一段と上がる。さすれば、生類《しょうるい》を慈《いつく》しまれる上様の覚えもめでたくなる。次期老中への道が早まろう」

「それは望むところではございますが、年貢を下げれば、金蔵が寂しゅうなります」

「案ずるな。わしには、宇内藩がついておる」

「そのことでございますが、宇内藩の百姓は飢《う》えに耐えかねて、隣国へ逃げる者があとを絶たぬと聞いております。江崎殿が賂《まいない》を渋りはしませぬでしょうか」

「あの者はわしのおかげで、宇内藩を思うようにできておるのだ。断りはせぬ」

「では、仰《おお》せのとおりにいたします」

「ひとつ憂いがあるとすれば、お栄と昭寿丸のことだ。江崎はいろいろ動いているようだが、どうなっておる」

「それがしより、殿のほうがお詳しいはず。何も聞いておられませぬのか」

「先日会《お》うた時は、連判を手に入れたので逆らう者を粛清《しゅくせい》し終えると言うておったが……」

「察して逃げた者がいると聞いております」

「まあ、あ奴のことだ、抜かりはあるまい。我らは、ここでぬくぬくとしておればよい。いざという時は、かけた梯子をはずすまでじゃ」

「それまでは、吸い取るだけ吸い取っておきませぬと。老中になるには、何かと物入りでございますので」

「では、次に会うた時に催促《さいそく》してやろう」

「それがよろしゅうございます」

二人は顔を見合わせて、くつくつと笑った。

宇内藩を我が物にしたい江崎は、宗十郎の帳面に記されていた十五名の者たちを一人一人闇に葬《ほうむ》り、残るは三人になっていた。

身の危険を察知したその者たちは藩邸から逃げていたのだが、江崎の側近免田と玄四郎が捜し出し、ことごとく首を刎《は》ねた。

両名から報告を受けた江崎は、険しい顔を和らげない。

免田が機嫌をうかがうように言う。

「残るは、重正の妹夫婦のみ。枕を高《たこ》うして寝られるのはもう少しです」

江崎がじろりと睨《にら》んだ。

「それよりも、例の文だ。家捜《やさが》しに行った者はいかがいたしたのだ」

返答に窮《きゆう》する免田にかわり、玄四郎が答えた。

「夜になっても戻らぬとなると、しくじったに違いありません。町方に捕らえられたとしても、口を割るような男ではございませぬのでご安心を。こそ泥《どろ》として牢屋に入れられましょう」

「やはり、妹夫婦を始末するしかない。行方はわからぬのか」

玄四郎が言う。

「宗十郎が今わの際に、文左衛門に何か申しておりました。もしかすると、円光殿のことを教えたかもしれませぬ」

「何っ！　なぜそれを先に言わぬ！」

「はっきり聞いたわけではなかったものですから」

「言うたかもしれぬというのか」

「はい」

江崎は考える顔をした。

「宗十郎は、円光殿が藩主になることを望んでいた者の一人だ。文左衛門にあとを託したかもしれぬぞ」

「もうひとつ、気になることが」

「まだ何かあるのか」

「宗十郎を見る野次馬の中に、鋭い気を放つ怪しい者がおりました。身なりは町人風でしたので、公儀の者かと案じてその場を去りましたが、もしや、その者と」

「公儀の者だと？　隠密《おんみつ》か」

睨む江崎に、玄四郎はわからないと答えた。

免田が焦る。

「公儀はまずい。まずいですぞ」

「慌てるな。万が一例の文が公儀に渡ったなら、その時は偽物《にせもの》だと白《しら》を切るまで。外谷様も無事ではすまぬのだから、きっと助けてくださるはずだ」

「それはそうなのですが」

言いつつも考える顔をしていた免田が、苦渋《くじゅう》の色を浮かべた。

「玄四郎殿、宗十郎が円光殿のことを教えたかもしれぬと申したな」

「うむ」

「よもや、円光殿に文が渡ってはおるまいな」

「わからぬ。ご家老、念のため、先手を打ちますか」

江崎が驚いた。

「待て」

「今はただの僧にございます。遠慮は無用かと」

刀を畳に立てて殺気を帯びる玄四郎に、江崎がほくそ笑む。

「待てと言うたのは、円光殿の命を重んじてではない。お前の手をわずらわせるまでもないと申したのだ」

「それは、どういうことにございます」

「こういう時のために、警固をつけておる。円光殿ではなく、わしを守るためのな。繋《つな》ぎは取っておらぬが、あの者ならば、抜かりはなかろう」

江崎は、陽泉寺から届いた文を投げ渡した。

目を通す免田と玄四郎に告げる。

「円光殿は、即身仏になると申しておられる。願ってもないことだ」

「なるほど。さすがは殿」

免田が顔を上げると、江崎が勝ち誇《ほこ》ったように笑った。

四

文左衛門が姿を消したのは、静と共に休むと言って、客間に入って間もなくのことだ。

見張りをしていた小五郎の配下が気づいたのだが、文左衛門は油断した見張りに当て身を入れて気絶させ、夜道を走った。

向かった先は、陽泉寺だ。

胸には、義兄《あに》重正が静に託した文を抱いている。家臣に呼ばれた左近の目を盗み、手箱から抜き取っていたのだ。

重正がお札に隠して渡していたのは、早くから身の危険を感じていたからに違いない。

信心深い静ならば、神棚に祀り、手放すことはないと信じていたのだ。

もっと早く気づけば、宗十郎を死なせずにすんだはず。

藩を忘れろと言われ、目を背《そむ》けてきた己の浅はかさに、文左衛門は胸を締めつけられた。

義兄は、わたしに気づいてほしかったのかもしれないと思うと、悔《く》やんでも悔やみきれぬ。

藩のことで将軍家の縁者である左近の手をわずらわせたくなかった文左衛門は、円光に文を見せ、共に藩邸に戻って江崎を討つと決め、寺へ急いだ。

夜も更《ふ》けているため、寺の山門《さんもん》は閉ざされていた。

文左衛門は、月明かりを頼りに土塀《どべい》沿いの道を裏手に回り、入口を探した。

時を同じくして、寺の境内《けいだい》を歩む人影がある。

あたりを見回すその者は、円光が籠もっている土蔵が埋められている築山に足を踏み入れ、夜露《よつゆ》に濡れた草に滑らぬよう、用心深くのぼった。

半月状の築山の中腹までのぼると、四脚《しきゃく》の石灯籠《いしどうろう》の下に隠されている食べ物を入れるための木蓋《きぶた》を土で埋めた。

続いて、空気穴を手で探り当て、懐から取り出した筒《つつ》に火縄の種火《たねび》を当てるや、火花と共に煙が出はじめた。

もうもうと煙が出る筒を空気穴に押し込み、粘土を詰め込む。

「そこで何をしている！」

声に驚いたのは、曲者と、境内に忍び込んだばかりの文左衛門だった。

咄嗟《とっさ》に身を伏せた文左衛門が目を向けると、築山に人影が二つあり、揉める声がした。

「貴様、江崎の手の者か！」

はっとした文左衛門は、考える前に走っていた。

そのあいだにも、双方が抜刀して斬り合いがはじまった。月明かりに刃《やいば》が鈍《にぶ》く光り、かち合う音と共に火花が散る。

勝負は一瞬でついた。

二の太刀を振るい合った刹那《せつな》、片方から呻《うめ》き声があがる。

倒れたのは、曲者を咎《とが》めようとした者のほうだ。肩を押さえて呻くその者にとどめを刺すべく、いっぽうが刀を振り上げる。が、迫る文左衛門に気づいて切っ先を転じ、斬りかかってきた。

文左衛門は抜刀して一撃を弾《はじ》き、相手を突き放した。

「むっ、お前は！」

文左衛門は愕然《がくぜん》とした。

「栗原殿」

刀を構える栗原に対して、文左衛門は油断なく移動した。斬られて呻いているのは、住岡だった。

「住岡殿、お逃げください」

「大事、ない」

痛みに苦しみながらも、住岡は立ち上がった。

「ここは、わたしにまかせろ」

「その怪我《けが》では無理です」

「土蔵に煙筒《けむりづつ》を入れて穴を塞《ふさ》がれたのだ。若君は今、息ができない。頼む！」

腕をつかんで築山に向かって押した住岡が、栗原と対峙した。

栗原が鼻先で笑い、築山を背にして立ちはだかる。

「中は煙で満ちておろう。急がねば死ぬぞ」

「おのれ、裏切り者」

叫ぶ住岡に、栗原が言う。

「裏切ってなどおらぬ。初めからご家老に命じられて、若君を見張っていたのだ」

「おのれ」

「動くな文左衛門！」

栗原が怒鳴り、刀の切っ先を向けた。

「このままでは若君は死ぬぞ」

「おのれ卑怯《ひきょう》な。それでも侍か！」

「黙れ。宗十郎に託された若君の命を救いたくば、重正が渡した文をよこせ」

「長屋に盗みに入ったのは、お前の手の者か」

「いかにも。札のことに気づかぬままなら、若君はこの寺で天寿《てんじゅ》をまっとうできたのだ。罪深い男よのう」

「お札に文が仕込まれていると、なぜ思うのだ」

「たわけが、札を奪い返したであろうが。お前がここに来たのが、その証だ。文を若君に見せて、ご家老を討つ気だったのだろう」

「むっ」

見抜かれていたことに、文左衛門は焦った。

「文左衛門、早く文を渡せ」

住岡が言ったが、文左衛門は応じない。

「渡したところで、こ奴は若君を殺す気です」

「殺しはせぬ。約束しよう」

栗原が、刀を構えたまま油断なく左手を差し伸べた。

「文左衛門、頼む！」

住岡の声に、文左衛門は歯を食いしばった。懐の文を取り出し、栗原に渡した。

受け取った栗原が、片手で開いて確かめると、ゆっくり場を空けた。

住岡が言う。

「裏の土を掘って戸を開けろ」

「承知」

文左衛門が築山に走ろうとした時、

「馬鹿め！」

栗原が斬りかかってきた。

文左衛門は跳びすさって刃をかわしざまに、刀を一閃《いっせん》した。

栗原は刀で受け流し、猛然と迫る。

「おうっ！」

突くと見せかけて振り上げた刀を打ち下ろす。

文左衛門は太刀筋を読み、空振りをした栗原の手首を斬らんと刃を振るった。

「くっ」

柄《つか》から右手を離してかわした栗原が身を転じ、左手のみで刀を振るう。

びゅっと刃風《はかぜ》が顔をかすめ、文左衛門の頬《ほお》に血がにじむ。

一瞬だけ怯《ひる》んだ隙に、栗原はきびすを返して逃げた。

「待て！」

追おうとした文左衛門を、住岡が止める。

「頼む、若君を助けてくれ！」

立っているのがやっとだったのだろう、叫んだ住岡が倒れ伏した。

文左衛門は築山の裏に走り、盛られた土を素手で掘った。泥にまみれて必死に掘り起こし、木戸を引き開ける。すると、中から火薬臭《くさ》い煙が出てきたが、円光の息遣いは聞こえない。

「若君！」

土蔵に入った文左衛門は、手探りで円光の袈裟をつかむと、外に引きずり出した。

「若君！」

返事はなく、息をしていない。

「どけ！」

言って文左衛門をどかせたのは、黒装束《くろしようぞく》をまとった忍びだ。

「小五郎殿」

「黙って出る奴があるか」

小五郎は言いつつ、円光の半身を起こして、背中に手のひらを当てて活を入れた。

どんっ、という音が聞こえそうなほどの掌圧《しようあつ》で、円光の身体がびくりと動いた。

途端に、円光が咳《せ》き込む。

「若君」

文左衛門が這《は》い寄り、顔をのぞくと、円光が薄目を開けた。

「もう大丈夫だ」

小五郎に言われて、文左衛門は頭を下げ、住岡のもとへ走った。

そこには、左近がいた。

「甲州様」

倒れた住岡の横で、顔を向けた左近がうなずく。

「気を失っているだけだ。中へ運ぶぞ」

「はは」

「小五郎、東洋を呼んでくれ」

「承知」

小五郎は走り去った。

寺の者を呼び、戸板に住岡を横たえて宿坊《しゆくぼう》に運び入れた。

左近に支えられて戻った円光が、重傷を負っている住岡の傍《かたわ》らに座り、涙を流す。

「すまぬ、住岡。栗原の本性を見抜けなんだわたしのせいだ」

下座にいた文左衛門が、左近に頭を下げる。

「申しわけございませぬ。文を栗原に奪われました」

「案ずるな。おれの記憶に刻《きざ》まれている」

左近が笑みを見せた。

「ご家来には、悪いことをいたしました」

「文左衛門がここに来たおかげで、円光殿は助かった。それでよいではないか」

文左衛門は頭を下げ、文を奪われたことを悔やんで目を閉じた。

「はは」

円光の声に左近が目を向けると、住岡が目を開けていた。

「住岡、住岡！」

「わ、若君、ご無事で、ようございました」

「しゃべるな、身体に障《さわ》る」

「栗原は」

「わからぬ」

円光から視線を転じた住岡が文左衛門を見たので、文左衛門は逃げられたと言って首を横に振る。

天井に目を向けた住岡が、辛そうに目をつむり、唇《くちびる》を震わせた。

「栗原のことは、長年の友と思うてきました。二人で若君をお支えしようと、誓《ちこ》うておりましたのに、このようなことになるとは……」

肩の痛みに呻く住岡を案じて、円光が言う。

「もうよい、しゃべるな。わたしを一人にしてはならぬ」

「死にませぬ」

気丈に応《こた》える住岡であるが、肩の出血はひどい。意識が朦朧《もうろう》とするらしく、ふたたび目をつむり、息が弱々しくなっていく。

「住岡！　眠ってはならぬ！」

円光が身体を揺すって叫んだが、目を開けることはなかった。

東洋が到着して傷を診《み》たが、表情は険しい。

左近が訊く。

「東洋、どうなのだ」

「傷が深《ふこ》うございますが、できるだけのことはいたします」

円光が両手をつく。

「先生、お頼みいたします」

東洋はうなずき、手当てをはじめた。

外で配下から知らせを受けた小五郎が左近のそばに寄り、耳打ちをした。

うなずいた左近は安綱をにぎり、立ち上がった。

文左衛門も立ち上がり、左近に従った。

五

翌晩は星空が美しく広がり、外は身を刺すように冷え込んでいる。

時折波の音が聞こえる海沿いの屋敷は、ひっそりとしていた。

新見左近に悪事を知られているとは露《つゆ》ほども思わぬ外谷土佐守は、別邸の寝所で、女と絡み合っていた。

「お前の身体は、いつも若々しいのう」

「こうして抱いていただけるのを、待ち望んでおりました」

「ひと月ぶりゆえ、身体が火照《ほて》っておるか。たっぷりと可愛がってやろうぞ」

「嬉しい」

燭台《しょくだい》の明かりの下で外谷と睦《むつ》み合う女は、お栄の方だ。

お栄は、外谷の養女として道貴侯の後妻に入ったのであるが、元は外谷の妾《めかけ》である。

外谷が遊びに通っていた料理屋の娘お栄の美しさに惹《ひ》かれ、妾として囲っていたのだ。

そんなお栄が大名家に入ることになったのは、栗原が料理屋を訪れたことにある。

栗原がまだ若かった頃のことだ。料理屋の常連だった栗原が、酔って我を忘れた拍子《ひょうし》に、宇内藩に世継ぎをめぐる内紛《ないふん》があることを愚痴《ぐち》った。

藩主道貴が身分の低い女に産ませた円光を世継ぎにすると定めたことで、賛成派と反対派に争いが生じ、仲のよかった者同士が揉める姿を見てうんざりしたと言って、お栄を相手に深酒をしたのだ。

酔って大きくなった声が、隣の部屋でお栄を待ちながら酒を飲んでいた外谷の耳に入ったのが、宇内藩の不幸と言えよう。

ずる賢く、ことに悪事に関してはすこぶる頭の回転が速い外谷は、妙案を思いついたのである。

そしてお栄をその気にさせて、まんまと道貴の後妻に入れた外谷は、その後もお栄と密会を重ね、まずは栗原を味方に引き入れた。続いて、国家老の一人にすぎなかった江崎を手懐《てなず》けることに成功したのだ。

お栄が子を産めば円光を追い出せると言って、反対派の筆頭だった江崎を味方に引き入れた。

円光を追い出したあとは、頃合いを見て道貴を暗殺し、お栄の子を藩主に据えて江崎を江戸家老にさせ、宇内藩から賂《まいない》を取ろうというのが、外谷の筋書きだった。

ところが、お栄がはらんだのは、道貴ではなく外谷の子だった。

誰の子かわかるはずはないと外谷は疑ったが、お栄には、外谷の子であることがわかっていたのだ。

そう言い切れるほど、道貴と閨《ねや》を共にする時には子をはらまぬように気をつけていたのだと告げて、外谷を驚かせた。

汗ばんだ白い背中を向けて身を横たえるお栄の隣で、外谷は煙草《たばこ》をくゆらせた。

「昭寿丸は、息災《そくさい》にしておるのか」

だるそうに向きを変えたお栄が、うつ伏せになっている外谷の背中に頬を寄せる。

「今は、道義《みちよし》にございます」

「そうであったな。先月の朔日《ついたち》に城で見かけたが、ずいぶん立派になった」

「江崎が、わたくしの文を取り戻しました。これで秘密が知られることはございませぬ」

「道義がわしの子であることがばれはしないかと案じて、江崎に送った文のことか」

「はい」

「江崎から文が届いていないと聞いた時は、狼狽《ろうばい》しておったな」

「殿が栗原を味方につけてくださったおかげで、関戸重正の手に渡っていることが判明し、命拾いをしました」

「まことに、危ないところであったな。して、文を持っていた重正の妹夫婦の始末はどうなったのだ」

「江崎が、万事まかせるよう申しておりましたが、ひとつ気になることが」

「なんじゃ」

「円光殿を訪ねた重正の妹の夫に、怪しげな男がついていたようです」

「何者だ」

「わかりませぬ。身なりは浪人者ですが、円光殿は、身分のあるお方ではないかと申していたと、栗原が」

「栗原自身は何者と見ておるのだ」

「おそらくただの浪人ではないかと申しておりましたが、油断のならぬ相手だとも……」

「浪人風情《ふぜい》に何ができようか。文を取り戻したのだ。恐れることはないと申してやれ」

「はい」

「それにしても、道義は立派になった。我が子として接することができぬのは、寂しいものよ。道義は、道貴の子だと信じておるのだろう」

「あの子は気が弱いところがございますので、真実を知れば、藩主の座を捨てると言いかねませぬ」

「このままでよい。わしは、姿を見るだけで十分じゃ」

「お引き立てのこと、よしなに」

「わかっておる。わしが老中になったあかつきには、道義にはそれなりの役職を与えよう」

「親子で幕政を担《にな》われるのを、夢見ておりまする」

笑みで身を寄せるお栄を抱き、外谷がほくそ笑む。

「楽しみにしておるがよい」

「殿」

次の間の廊下で、侍女《じじょ》が声をかけた。

「なんじゃ」

「江崎殿がまいられました」

「迎えは明日の朝であろう」

「火急のご用があると申されたらしく、書院の間にお通ししているとのことです」

「何かあったのでしょうか」

案じて身を起こしたお栄は、乱れた鬢《びん》に櫛《くし》を滑らせて身支度をはじめた。

邪魔をされて苛立《いらだ》ちの声をあげた外谷が、侍女に身支度の手伝いを命じる。

揃《そろ》って寝所を出た外谷とお栄は長い廊下を歩み、書院の間に向かった。

ここは曲輪内《くるわうち》にある外谷の屋敷ではなく、誰にも気兼ねなくお栄と会うために建てた屋敷だ。

外谷が宇内の領民から奪い取った金で造らせた屋敷は芝田町《しばたまち》の海沿いにあり、土塀で囲まれた敷地は二千坪もある立派なものだ。

贅《ぜい》を尽くした書院の間に入ると、江崎と免田に加え、栗原と玄四郎が顔を揃えていた。

外谷とお栄が揃って上段の間に座ると、外谷の家老の大善が膝を転じ、険しい顔を向けた。

「殿、お栄の方様、一大事にございます」

「いったいどうしたというのだ」

「江崎殿、ここからはそなたが申し上げよ」

「はは」

応じた江崎が、膝を進めて言う。

「先ほど城から使者が来られ、これを」

下と書かれた書状を懐から出したのを大善が受け、外谷に差し出す。

「読まずともよい。何があったのか申せ」

面倒くさそうな外谷に、江崎が頭を下げた。

「殿の出生《しゅっしょう》に疑問があるので、お調べがすむまでのあいだ、蟄居《ちっきょ》を命じられました」

「何っ！」

驚く外谷の横で、お栄が立ち上がった。

「江崎、それはまことですか」

「はい」

お栄が大善から書状をむしり取り、開いて目を通した。

確かにそう書かれており、綱吉の名と花押《かおう》が記されている。

「何ゆえ上様の耳に入っているのですか。証の文を取り戻したというのは、偽りを申したのですか」

「いいえ、嘘《うそ》ではございませぬ。奥方様の文は、今も栗原の懐にございます」

「見せなさい。わたくしが記した物に間違いないか確かめます」

「はは」

江崎が栗原を促す。

応じた栗原が中腰でお栄のそばへ行き、文を渡した。

開いて食い入るように見たお栄がうなずく。

「わたくしが書いた物に間違いありません」

「お栄、わしにも見せよ」

「はい」

お栄から受け取った文に目を通した外谷が、紙の端を火鉢《ひばち》の炭火に近づけ、焼き捨てた。

「これで、道義とわしが親子である証は消えた」

「まだ安堵《あんど》はできませぬ。殿、道義に公儀の調べが及ばぬよう、お取り計らいを願いまする」

「うむ？」

外谷は、とぼけた顔をお栄に向ける。

江崎が免田に命じて、千両箱を運び込ませた。

目の前に五千両もの大金を積まれた外谷は、渋い顔をしている。

「江崎、これはなんの真似《まね》だ」

「お約束の二千両に加えてお贈りするのは、迷惑料にございます。何とぞ、蟄居の沙汰が取り下げになりますよう、お取り計らいを」

「このような金は受け取れぬ。わしとそなたらの付き合いはこれまでじゃ。金を持って、早々に立ち去るがよい」

外谷の豹変《ひょうへん》ぶりに、お栄が愕然とした。

「殿、我が子をお見捨てになるのですか」

「我が子？　誰のことじゃ」

「道義に決まっております」

「知らぬ。わしの子は、曲輪内の屋敷におる長男と次男のみじゃ」

涼しい顔でうそぶく外谷に、お栄は恨《うら》みの目を向ける。

「見捨てるとおっしゃられるなら、ご公儀にすべてを打ち明けます」

「わしを脅《おど》すとは、いい度胸だ。大善」

「はは」

大善が立ち上がり、大声を張り上げる。

「者ども、であえい!」

虎の絵が見事な襖が開け放たれ、武者隠《むしやがく》しから出た大勢の家臣が、江崎らを取り囲んだ。

玄四郎が油断なく立ち上がり、脇差に手をかけたが、槍《やり》を突きつけられて動きを封じ込まれた。

外谷が険しい顔で告げる。

「悪く思うな、お栄。道義がわしの子であるとは、初めから思うてはおらぬ。息子が咎められるのを見とうはなかろう。わしの手であの世へ送ってやる」

お栄は目を見開き、恐怖のあまり声を失っている。

大善が差し出す太刀を抜いた外谷が、江崎たちの目の前でお栄を斬らんと振り上げたその刹那、闇を切り裂いて飛ぶ小柄《こづか》が頬をかすめて柱に突き刺さった。

「うっ！」

血がにじむ顔を歪《ゆが》めた外谷が庭を睨む。

「何奴じゃ！」

一同が目を向ける中、庭の暗がりから人影が現れた。

左近と文左衛門だ。

「醜《みにく》い争いはそこまでにいたせ」

前に出る左近を見て、栗原がいぶかしげな顔をする。

「貴様は、新見左近」

「寺に来たと申すは、この男か」

外谷に問われて、栗原が答える。

「文のことを公儀に伝えたのは、この者に違いありませぬ」

「何ぃ」

憎々しげな顔をする外谷に、江崎が言う。

「土佐守様、この者と文左衛門を始末すれば、殿のことは隠し通せまする」

「うむ、それもそうじゃ。者ども、こ奴らを斬れ！」

「それがしにおまかせを」

玄四郎が声をあげて前に出た。

「お刀を」

「これを使え」

外谷が太刀を授《さず》けた。

「備前の名刀じゃ」

うなずいた玄四郎が左近の前に出て、文左衛門に鋭い目を向ける。

「宗十郎のもとへ送ってやろう。まいれ！」

「貴様か、むごいことをしたのは。許さぬ」

文左衛門が抜刀し、正眼《せいがん》に構える。

一拍の間を置いて、文左衛門のほうから動いた。

「やあっ！」

鋭く袈裟懸けに打ち下ろす。

「むんっ！」

備前の太刀で弾き上げた玄四郎が、素早く二の太刀を振るう。

跳びすさってかわした文左衛門であるが、着物の前を斬り割られ、胸に薄く血がにじむ。

左近が助けに入ろうとしたが、

「ここはわたしに」

文左衛門が言い、柄に唾《つば》を吐いて刀をにぎりなおした。

腰を低くして左足を前に出し、左肩を玄四郎に向けて刀を後方に隠して構える。

玄四郎が目を細める。

「三年前に、重正を襲わせた手の者を斬っただけのことはある」

言うや、大きく両手を広げ、右手ににぎった太刀を静かに正眼に向けた。と次の瞬間に、ぴくりと前に出た。

誘いに釣られた文左衛門が、刃を横一閃して必殺の一撃を繰り出したが、太刀筋を見切られ、大上段から打ち下ろされた。

刃がぶつかる音と共に、文左衛門の手から刀が落とされる。

「死ね！」

大きく見開いた目を向けて、文左衛門に刀を振り下ろした玄四郎。

だが、助けに入った左近が安綱で受け止め、押し返した。

「おのれ！」

斬りかかる玄四郎の刃をかわした左近が、胴を払って駆け抜ける。

「うっ」

玄四郎は腹を押さえ、二、三歩よろめいて突っ伏した。

「斬れ！　斬れ斬れっ！」

叫ぶ外谷に応じた家臣たちが左近に槍を向けたが、安綱の切っ先を向けられ、凄《すさ》まじいまでの剣気に動けなくなった。

そのあいだに、文左衛門が割って入る。

「お前たち、甲州様に槍を向けるのか」

動揺する家臣たちが、外谷に不安げな顔を向けた。

外谷が鼻先で笑う。

「甲州様じゃと。不利と見て申したのだろうが、もっとましな嘘をつけ、愚《おろ》か者《もの》めが」

「愚か者は貴様のほうだ。土佐守、余《よ》の顔がわからぬのか」

「何！」

怪訝《けげん》な顔を向ける外谷の背後で、大善が大声をあげた。

「殿！　これを！」

柱に刺さっている小柄を抜き、外谷に見せる。金色に輝く葵《あおい》の御紋《ごもん》に気づいた外谷は、奇妙な声をあげて真っ青な顔をした。

「ここ、甲州様！」

庭に駆け下り、ははあと言って平身低頭する外谷。大善が続き、槍を構えていた家臣一同もあるじに倣《なら》った。

将軍家に次ぐ人物だとも言える徳川綱豊に睨まれては、抗《あらが》いようがない。

我が子の将来を悲観したお栄の方は腰を抜かし、がたがた震えはじめた。

江崎は免田らと膝をつき、頭を下げた。

左近が厳しい顔を向ける。

「己の野心のために藩主を亡き者にし、民百姓を苦しめた貴様らの所業は決して許せぬ。厳しい沙汰があるものと覚悟いたせ」

観念した外谷はうな垂れ、目をきつく閉じて呻いた。

往生際《おうじようぎわ》の悪い江崎は、頭を下げている視線の端に捉《とら》えていた槍に手を伸ばしてつかみ、立ち上がった。

「貴様を葬れば、まだ勝機はある！」

叫びながら、左近に向けて突き出された槍を受け止めたのは、文左衛門だった。

突かれた腕から血がしたたったが、文左衛門は気合を吐いて押し返した。

槍を振るって突きかかる江崎。

文左衛門は脇差を抜いて穂先《ほさき》を受け流し、切っ先を向けて懐に飛び込んだ。

「おっ、うっ」

胸を刺された江崎が呻き、なおも槍で抵抗しようとしたので、文左衛門は額に一刀を浴びせた。

目を見開いた江崎は身をのけ反《ぞ》らせ、呻き声と共に仰向《あおむ》けに倒れた。

義兄《あに》であり、あるじでもあった関戸重正の仇を見下ろした文左衛門が、もう一人の仇である栗原を睨む。

栗原は、恐れおののいている免田を押しのけて逃げようとしたが、屋根から飛び降りた小五郎が立ちはだかる。

「どけっ！」

叫んで逃げる栗原に、小五郎が回し蹴りを食らわす。

よろけて下がった栗原を、文左衛門が峰打《みねう》ちに倒した。

呻く栗原に、文左衛門が言う。

「円光様が藩主となられたあかつきには、必ず厳しい沙汰がくだされる。それまで、己がしたことを恥じながら生きるがいい」

栗原は抗おうとしたが、気を失った。

安綱を鞘《さや》に納《おさ》めた左近は、感謝して頭を下げる文左衛門にうなずき、根津の藩邸に帰っていった。

六

将軍綱吉は、円光を藩主にして藩の存続を願う左近の申し出を受け入れたのだが、結局、お家は断絶となり、領地は天領《てんりょう》とされた。

打診をされた円光が、己のせいで家臣が二つに割れ、外谷のような悪人に蝕《むしば》まれたことを理由に、藩主になることを固辞《こじ》したのだ。

円光は、命を取《と》り留めたものの片腕が不自由になってしまった住岡と共に陽泉寺の僧として生きてゆき、八十八歳の天寿をまっとうする。

僧になっても円光に従った住岡は、九十五の長寿だった。

悪事に関わった者たちには厳しい沙汰がくだされ、外谷土佐守と家老の大善は揃って切腹のうえお家断絶。

お栄の方、栗原と免田の三名は打ち首。

道義は何も知らなかったことで命は救われたものの、高野山《こうやさん》へ幽閉《ゆうへい》された。

すべての片がついたのは、左近と文左衛門が外谷らを捕らえて二月《ふたつき》後のことだった。

間部から報告を受けた左近は、文左衛門夫婦に知らせるべく、根津の藩邸へ呼んだ。

わざわざ藩邸に呼んだのは、他にも理由がある。

左近は、円光が藩を継がなかった時は、文左衛門を家臣にしたいと思っていたのだ。

間部から文左衛門夫婦の到着を知らされた左近は、書院の間に入った。

下段の間で平身低頭する文左衛門と静に面を上げさせ、久々の再会を喜んだ。

まずはすべて片がついたことを伝えると、文左衛門と静は涙を流した。

「これで、義兄《あに》重正も成仏《じようぶつ》できましょう。甲州様、なんとお礼を申し上げればよいか。このご恩は、一生忘れませぬ」

「今も権八と働いておるのか」

「はい」

「皆、息災か」

「はい。権八殿は、左近の旦那は二月も来ないと言って怒っておりました。お琴様も、寂しがっておられるご様子」

間部が咳払《せきばら》いをしたので、文左衛門は、はっとして口を閉じた。

「文左衛門」

「はは」

「大工を辞《や》めて、余の家来になってくれぬか」

突然の言葉に、文左衛門と静が目を見張った。

文左衛門の表情がすうっと暗くなり、目を伏せながら言う。

「身に余る光栄ではございますが、義兄をはじめ、藩の方々《かたがた》が大勢亡くなられた今、わたしだけが甲州様の家来になり、幸せになることはできませぬ」

「では、このまま大工を続けるのか」

「いえ。まだ妻には告げていなかったのですが、わたしは宇内の里へ帰り、百姓と共に田畑を耕《たがや》そうかと考えております」

「苦しんだ民を助ける気か」

「はい」

「止めても聞かぬであろうな、おぬしは」

文左衛門は笑みを浮かべた。

「だがな、文左衛門、これはおぬしが背負うことではない。宇内は天領となることが正式に決まった。上様は傷ついた民のために向こう五年の年貢を免除され、蔵米を運んで救うよう下知《げち》されたぞ」

「まことでございますか」

「うむ」

文左衛門は安堵の息を吐いた。

「ゆえに、余の家来になってくれぬか、文左衛門」

「……やはり、国へ戻ろうと思います」

頑なな文左衛門は、首を縦《たて》に振らぬ。

左近があきらめようとした時、静が両手をついた。

「おそれながら、我が夫を家来にしてください」

普段はおとなしい静が口を出したので、文左衛門は驚いた。

「静、何を言うか」

「お前様、甲州様直々《じきじき》のお申し出でございます。どうか、ご家来になってくださいまし」

「い、いや、しかし……」

「わたくしは、旅ができぬ身体になったのです」

「どこか具合が悪いのか」

静が首を横に振り、愛《いと》おしそうな表情で腹に手を当てた。

文左衛門が、狐《きつね》につままれたような顔をしている。

「お、お前、まさか」

静がうなずく。

文左衛門が顔を向けたので、左近は笑みで言う。

「生まれてくる子のためにも、余の家来になれ、文左衛門」

文左衛門は嬉しそうな顔をした。

「ははあ。よろしく、お願い申し上げまする」

夫婦揃って両手をつき、頭を下げた。

こほんと咳をした間部が、口の中でもごもご言う。

「我が殿は、いつのことになるのやら」

左近が目を向ける。

「間部、何か申したか」

「いえ、何も」

本書は２０１６年12月にコスミック・時代文庫
より刊行された作品を加筆訂正したものです。

双葉文庫

さ-38-28

浪人若《ろうにんわか》さま 新見左近《にいみさこん》 決定版《けつていばん》【十二】

人斬《ひとき》り 純情剣《じゅんじょうけん》

2023年3月18日　第1刷発行

【著者】

佐々木裕一《ささきゆういち》

©Yuuichi Sasaki 2023

【発行者】

箕浦克史

【発行所】

株式会社双葉社

〒162-8540 東京都新宿区東五軒町3番28号

［電話］03-5261-4818(営業部)　03-5261-4868(編集部)

www.futabasha.co.jp(双葉社の書籍・コミックが買えます)

【印刷所】

中央精版印刷株式会社

【製本所】

中央精版印刷株式会社

【フォーマット・デザイン】

日下潤一

ISBN978-4-575-67153-7 C0193

Printed in Japan